美好生活需要

MAKE LIFE BETTER

许多余 著

中国发展出版社
CHINA DEVELOPMENT PRESS

图书在版编目（CIP）数据

美好生活需要 / 许多余著 . -- 北京 : 中国发展出版社，2017.12

ISBN 978-7-5177-0802-5

Ⅰ . ①美… Ⅱ . ①许… Ⅲ . ①散文集－中国－当代 Ⅳ . ① I267

中国版本图书馆 CIP 数据核字（2017）第 278483 号

书　　名：美好生活需要
著作责任者：许多余
出 版 发 行：中国发展出版社
（北京市西城区百万庄大街 16 号 8 层 100037）
标 准 书 号：ISBN 978-7-5177-0802-5
经　销　者：各地新华书店
印　刷　者：河北鑫兆源印刷有限公司
开　　本：880mm × 1230mm 1/32
印　　张：9
字　　数：182 千字
版　　次：2018 年 6 月第 1 版
印　　次：2018 年 6 月第 1 次印刷
定　　价：49.00 元

联 系 电 话：(010) 88919581 68990692
购 书 热 线：(010) 68990682 68990686
网 络 订 购：http://zgfzcbs.tmall.com
网 购 电 话：(010) 88333349 68990639
本 社 网 址：http://www.develpress.com.cn
电 子 邮 件：370118561@qq.com

目 录

contents

第一辑

chapter 1

权利与意识

美好生活需要

我们的身体正在茫茫人海中苦苦寻觅，
所有动人的深情的目光终会相遇。
旋转的星空将确认彼此闪烁的信息，
让你在一本书中找到自己。

——《致良知》

这些年，我所做的一切，都是因为美好生活需要。

读书，写作，做艺术，开书店，策划展览，导演舞台剧，举办文艺沙龙……

因热爱读书和写作而开独立书店，因关注身体的表达而做行为艺术和戏剧，因对深度自由交流的渴望而策划组织各类沙龙活动。

我不想谈什么与生俱来的道德感和责任感。这根本不是什么情怀，而仅仅是因为我“需要”。正如婴儿的哭叫——那引人注意的本能。

源自灵魂深处的反叛，一直在唆使我“不务正业”。

我这人就这点不好，你越是认为不可能的事情，我就越想去做，越要去做。

当初对文学一窍不通，却幻想靠自由写作为生，没人认为我可以写好作品，但我就是要去创作。

明知道开书店不赚钱，没有人认为我们可以持久，却还要去开，并且越开越多……

我这人还有一点不好，就是太单纯，死脑筋，不知妥协，不想屈服。认准的事情，就一条路走到底，绝不回头，不计得失，不计后果。

没想到，我的弱点和缺陷恰恰树立了我的风格。

有一天，我突然发现，喜欢我的人，很多并不是我的读者。他们好像在我身上看见了他们自己——那个曾经叛逆的、敏感的、忧伤的、局促的、懦弱的、彷徨的、悲观的、优柔寡断的、无所适从的年轻人，如何紧紧抓住自己的弱点，顺着自身的缺陷，竭力克服对未来不确定性的恐惧，步履维艰地向着自由一步步逼近。

创作，是为个人的美好生活需要；开书店，是为更多人的美好生活需要。

我们做独立书店，主观上是因为自己喜欢，客观上就是为了唤起更多人的阅读情趣。这种情趣理应成为人类美好生活的重要部分。文明世界的人类必须明白，可以没有房子、没有车、没有钱，但不能没有良知；可以失去一切，但不可失去信仰，不可失去精神的高贵，不可丧失心灵的丰富，不能让灵魂变得苍白。

读书是为了什么呢？读书，其实就是为了摆脱牢笼。读书，会让一个民族更好地建立内在秩序，通过自省消除个人和集体的无意识，以及野蛮、自私、盲目、功利等。

一个有品质的城市，必须得有几家好书店。

创作好作品的作者，出版好书的出版社，以及呈现、分享好书的书店和图书馆，阅读好书的读者，都是构成良知的重要组成部分。

今年是我做独立书店的第七个年头。这些年，我的工作基本都与书和书店有关。在写作的同时，先后独立创办过卡夫卡独立书店、许多余画廊书店、无人书店、调情（民宿书店），与友人合作创办兔子共和国书店，中途担任过纸的时代书店顾问。去年，我们转型成为中国商业地产和文旅配套书店运营商，与很多商家达成战略合作。目前，我们共有各类直营书店十一家，所有的独立书店都归于“精神食粮”连锁独立品牌旗下，分布于几个不同的城市。

大概也是在七年前的这个时候，2012年4月23日，我们开始筹备创办卡夫卡独立书店。2012年的8月8日，我说，时辰到了，不能再等了，卡夫卡就匆匆地开始试营业了。其实，一直试了好多年，我们也没有宣布正式开始营业。我们提前发布申明，谢绝所有朋友的礼物（比如鲜花、花篮、现金等），我们接受过唯一的礼物，是黄震先生的两幅画和一些书。

卡夫卡当时的书架还不满，现在也不满；在我们书店工作过的几十位美女店员，现在已经越来越美，且都另谋高就；当时我们想做很多衍生产品，什么奶昔、冰沙、鲜橙西柚C、卡布奇诺……现在我们基本都不做了，只保留了绿茶和手磨咖啡等极少数饮品；当时，来了很多人，但肯定没有我们随后开的几家书店来的人多。

我们从未想过通过经营书店赚多少钱……我有一些朋友认为，我们在做毫无希望的事情，因为她无法为我们创造出实实在在的利益和价值。但能为更多的朋友创造寄予希望的静谧而美好的空间，一定不是什么坏事！他们没错，我们也没错。

也曾有一些投资商找过我，要帮我包装品牌，开分店，投资……但都被我有选择地婉拒了。我要对信任我的朋友负责。如果有哪位富有的朋友愿意给我一笔钱供我自由挥霍，那我是欢迎的，但到目前为止，我还没有碰到这样好心的朋友。

坦白地说，我其实没有多大兴趣从事赚钱的勾当（或者说买卖），除了读书、写作、发呆和吹牛，我真的不知道自己还能做什么。

过去的几年时间里，我们主办了各种各样的文学艺术活动，有数万人先后来过我们的独立书店，而且有一些人反复来过。作家、诗人、艺术家、音乐人、媒体人、学者、教授、专家、商人、演员、律师、文艺青年、伪文艺青年、慈善家、警察……都有来过这里。我们不曾拒绝过任何人。

木屑满地飘散于时光中的箴言
曾木秀于林傲然于风雪
劈开真理的斧头
让它们与栖身枝头的鸟儿们永别
假若那几只鸟飞过窗前
它们尖锐的鸣叫
能让墙上站立的木头生根发芽吗?

这些不能算是诗的句子，是我在装修卡夫卡独立书店的某个夏日深夜写的。那时我时常在白天陪一个美女艺术家，为卡夫卡绘制屋顶天花板上的油画，到了晚上她回去了，我就一个人绘。当时书店头顶上有两幅较长的涂鸦，就是我花了一个多星期完成的。

之前，我从未画过油画，尽管那次画得也不好，我却经常一画就是一个通宵。衣服完全被汗湿透了，我就脱下来晾在窗台上……我发现，即使是陌生的行当，一旦投入了感情，就会上瘾。

正如读书和写作，一开始我们并不一定能把一些书读懂，但当我们对书持续地投入感情，去买、去读，慢慢地不知不觉间，就会读懂它们，从而热爱它们，欣喜于它们带给我们的欢愉和慰藉。写作也是如此。由不会写，到持之以恒地写，再到写出很好的作品——没有一位伟大的作家不是靠苦写成就的。伟大的作品，从不会像一块宝玉那样，安静地躺在那儿，等待着即将走运的有缘人。

这大概就是我们对书店产生热情的根源——因为我们热爱书，热爱这种文艺生活方式，热衷于寻找与我们志趣相投的朋友。在潜意识中，我们早已经对书店投入了真挚的感情。

为无家可归的纸上灵魂建造栖居地，为有家不想归的肉身提供临时避难所。

这是我们当初开办卡夫卡独立书店的原旨。这两句话已经成为中国独立书店响亮的口号。听上去似乎有些冠冕堂皇，但事实就是如此。

想法总是天真而美好的，但现实往往总是残酷的。这些年，我们经历了很多大大小小的困难，但都有惊无险地挺了过来，卡夫卡独立书店还存在，我们没有失败，还有信心让她继续存在下去。

2013 年，卡夫卡转型为“很多人的书店”（实际上可称为“众筹”概念的先驱），更多的伙伴加入了独立书店店主的队伍，当时那是一种新型的独立书店运营模式，但通过大半年的尝试，并没能获得经营上的良性效果，所幸大部分伙伴没有动摇自己心中对书店的热爱。我们希望保持独立书店的纯粹，不愿意让书店名存实亡，成为矫情的小清新和伪文艺青年的娱乐场所。我们回避或拒绝了各种可能的商业化，在这种松散、散漫的合作中，几乎没有严格规范的管理秩序下——书店只要存在，就是胜利。她每存在一天，我们就值得一天为她欢呼；她每存在一年，我们就值得一年为她庆贺；她每存在十年，我们就值得一生为她骄傲。

我们也存在很多的问题，比如行动能力的迟缓，执行经营人才的缺乏，资金和场地的限制，理念的分歧，等等。这些问题无法在短期内得到很好的解决，我也不知道最终能否得到解决。因此，当时有几位伙伴退出了，我们深表遗憾和歉意，但紧随其后又有几位新伙伴加入了我们的队伍。

回顾过去的七年，我们几家独立书店做过多少有意义的活动啊！中国自由艺术展、自由艺术文献展、儿童艺术仓库、圣丹斯国际电影节单元展、自由朗诵会、读书沙龙、观影会、民间公益和环保组织交流与推介会、投资管理人沙龙、民谣音乐会、诸多著名作家演讲签售会……每次活动的顺利举办都凝聚着我和伙伴们的心血，都为文化相对落后的城市带来些许思想的活力，都会影响一些人，即便仅仅是一个人。

然而，就像一个流浪的孤儿，这座城市一直没有她的栖身之所。

我说的是卡夫卡独立书店，去年是第三次搬家。我希望这是最后一次。当然不可能，未来她会去哪里？我不知道。唯一可以肯定的是，我们尚未死去，书店绝不会死去。即使她在一个地方死了，还会在另外一个地方，以不同的面貌或方式活过来。

对，死去，活来，我说的是书店人和书店的关系，如此纠结，又如此快慰。

每次搬家，对于书店来说都是致命的打击。我要亲手毁掉我们曾经努力营造的氛围，毁掉我们对独立书店的想象和创造，毁掉我们所有实现的完美和缺陷，毁掉很多人的欢喜和梦想……如同毁掉自己。

没有什么比亲自毁掉一家书店更让我感到伤感。每次书店搬迁，我会亲自将书一本本从书架上撤下、打包，独自坐在纸屑满地空荡荡的书店里，像守着一座孤坟，欲哭无泪。

我会想起很多美好的时光、美好的画面、美好的人……他们还在，而他们再来之时，书店已经不在。

如此幽怨的叹息，我时常在网上看到，很多慕名来合肥寻找卡夫卡独立书店的朋友，辗转寻觅到黄金广场 1 栋 501——那是卡夫卡最早的居住地，尽管我们发布过多次书店更址的消息，可人们还是会找错、会失望；也有一些人去了豆瓣汇，他们看见了她，但未能进去。卡夫卡自搬到豆瓣汇室内步行街之后，前一年多还能保持开门营业，但随着街区的不景气，整个三楼几乎就只剩下卡夫卡独立书店了，连招一个书店店员都成了难题，开门也就成了更大的难题。

很多外地的朋友以为我做书店赚了很多钱，他们觉得卡夫卡书店做出了如此大的名声，一定赚了很多钱。真实的情况是，卡夫卡一直在亏损。为扭转亏损的局面，我们做过很多尝试，比如拿出 40% 的股权做了众筹，包括合伙经营、外包经营，但均不成功。最艰难的时刻，还是我掏出了数万块钱顶上……但我必须感谢曾经的 40 余位大小股东，他们因对书店的热爱，投入几千到数万不等的资金，至今未见到回报。而我曾经的合伙人韩庆成先生，因夫人罹患肺癌，变卖了老卡夫卡书店的房产（几乎所有的合肥房产），后来他曾回到宣城水东老街，在那里开起了卡夫卡独立书店的延伸店——老街书馆。

我们未曾与任何一家物业发生过不悦，必须感谢他们，比如大摩和豆瓣，都曾免除过书店数万元的物业费。我们也一直遵守合约，是商家最忠实的业主，从未造次。我们不敢夸耀曾为其商业所做的贡献，但我们曾经竭尽全力为之付出，问心无愧。

我不是在此作悲情的叹息，但事实就是如此。独立书店有多难做，只有做过的人才知道。正如前段时间有朋友说，现在想开书店的都是些想找死的人，还在开书店的都是些不怕死的人。他说的真好，我们就是那些不怕死的人。

2014 年 6 月 4 日，是个值得纪念的日子，许多余画廊书店开业，那是我们探讨当代艺术和独立书店相结合的可能性方式。四年后，2017 年 8 月，应合作方要求，我们暂时关闭了位于大摩华尔街生活广场的许多余画廊书店，而在此之前，我们已与商之都达成合作，我们决定将许多余和卡夫卡暂时合并，重新运营一家全新的卡夫卡独立书店，就是现在位于合肥市中心宿州路商之都的 Kafka Bookstore 。

每次都显得仓促，总觉得还有很多布置有待完善 ..... 可是，一家书店，甚至在关闭之前，一直都有待完善。

相对以前的卡夫卡独立书店，Kafka Bookstore 做出了很大的调整，由以前的纯书店，变成集咖啡、烘焙、花艺、黏土手工、养生、骑行等一体的文艺生活空间，除图书外，新增了很多文艺衍生品和体验课程；并将继续兼顾公益图书馆的功能，为会员提供免费借阅服务。

希望这次尝试能给大家带来新的体验，也希望大家来到卡夫卡独立书店之后，能遇到你喜欢的事物，以不辜负她曾经获得诸如“中国好书店”“温暖十座城市的十家书店”“合肥文艺地标”等不太客观的荣誉。但也别抱有太大的期望，特别是商之都店的物业条件有很大局限，对我们的想象力构成了极大影响；音乐小镇店是独栋建筑，即将完成装修，店内有两个花园，有十二间书房式客房可供住宿；而即将达成合作的中国诗歌书店（芜湖店），也是独栋建筑。

作为文艺沙龙活动举办最多的独立书店之一，卡夫卡由密集地在书店举办沙龙活动，转变为不定期举办更有意义的大型优质主题活动，比如当代艺术展、诗歌音乐节、戏剧节等，并将策划出版、制作舞台剧、研发文创，以原创思想者的方式焕发更新的活力。

感谢这些年来所有的读者和游客，你们的到来曾让书店温暖，你们每购买一本书、一杯茶或一杯咖啡，都是对书店的支持，都是对良知的馈赠。感谢这些年来所有在书店举办活动的作家、诗人、艺术家、学者、导演、出版商和其他各个行业的朋友，你们都是书店的故人，欢迎随时回来，她一直在那儿，等着你的拥抱。如果你匆忙路过，即便是一个转身，你的目光也将被她铭记。感谢这些年来所有关心书店的媒体人，你们每撰写一篇书店的新闻，都是送给书店的一件华美外衣，使她看上去不那么落寞，并被更多的朋友赏识。感谢每一位伙伴，你们的名字将与我们拥有不同名字的书店同在。

七年以来，我没有看到过一只鸟儿飞过窗前，更别说尖锐的鸣叫，只偶尔在郊外听见它们凄厉地哀号。站立在墙上的木头没有生根发芽，但它们也没有死去，因为它们已经成为一群新朋友的栖息地——那些与它们和我们共同呼吸的美丽的书本。

我们来了，就绝不轻易离去。假若你不喜欢，也请你不要奚落她。她还有许多缺点，请你原谅她的稚嫩，容忍她的缺陷，并给予些许包容和关怀，以让她更坚强地成长。今年，精神食粮将有不同主题的新店在各地开业，有的叫卡夫卡，有的叫兔子共和国，有的叫什么我们还没有想好。但不论她叫什么，其独立的初衷绝对不会被败坏。

假若你不经意间路过，假若你哪天恰好不是那么匆忙，那就请您别忘了，卡夫卡有几位与众不同的美丽的新姐妹正在那儿等着您……

良知颠沛流离，我们死去活来。

那些表面看上去的不费吹灰之力，其实每次都是竭尽全力。

我们珍惜每一次相聚，将所有共同语言刻骨铭记，以让瞬间成为永恒。

我们的身体正在茫茫人海中苦苦寻觅，所有深情的目光终会相遇。繁星将确认彼此闪烁的信息，让你在一本书中找到自己。

你在远方经历风雨，在我们的故事里获得慰藉，欢愉遥不可及，我在书店等你。

庸俗的罪恶

我对台湾文学的熟悉程度远不及电影和音乐。邓丽君甜蜜的歌声常萦绕耳畔；罗大佑低沉的嗓音丰富了我枯燥无味的青春；侯孝贤导演的《悲情城市》，是梁朝伟表演得最好的影片。随后因为电影，我进一步认识了朱天文和朱天心，读过她们的一些文字之后，我才对台湾文学刮目相看。

是的，我确实看低了台湾文学。娱乐化传媒力量以摧枯拉朽之势，为我们塑造了一个个来自台湾地区的文学明星，诸如写言情小说的琼瑶、席绢，写心灵鸡汤的刘墉，写网络小说的痞子蔡和九把刀，写抒情诗的余光中和席慕蓉……还有狂傲无比的李敖——他们的作品我都不喜欢。

在大陆，为大众所熟知的台湾文学，几乎没有什么好作家好诗人，倒是漫画家几米的作品，反而打动过我。后来陆续接触到白先勇、郑愁予、邱妙津、骆以军、张大春、洛夫、周梦蝶、龙应台等作家和诗人的作品，才打消了我长期以来漠视台湾文学的偏见。

齐邦媛先生在八十五岁高龄之时，出版了三十三万余字的长篇小说《巨流河》，其旺盛的生命力和创作力让人崇敬。她在书中详尽地记述了朱光潜先生在武汉大学用《英诗金库》为他们讲授诗歌的情景，再现了彼时学者庄严而神圣的风范。“牧草中哭泣的母亲，公而忘私的先生；那唱着《松花江上》的东北流亡子弟，初识文学滋味的南开少女，含着泪朗诵雪莱和济慈的朱光潜；那盛开铁石芍药的故乡，那波涛滚滚的巨流河，那深邃无尽的哑口海……”一个个动人的故事照亮未来。

我要重点介绍的就是这本书，杨照先生的《故事照亮未来》，它还有个响亮的副标题——通往开放社会的100个观念。此书的简体中文版于2013年由广西师范大学出版社出版。全书共分为四辑：国家为你做了什么、找到自己的风格、走出大词的泥淖、迈向聪明社会。

在这本时事评论集中，杨照先生以大量的史实故事（资料），简明而详尽地论述了“爱国”“选举”“政治和政治家”“绝对真理”“生命权”“战争”“民主”“公民”“记忆”“身份”“民族国家”“基本价值”“仇恨”“风格”“故事”“陌生”“多元”“差异”“歧视”“博爱”“影响”“犬儒主义”“慈悲”“先知”“逃避”“开放”“怀疑”“法的精神”“公共议题”“大片”“媒体”“记者”“权力”“宣传用语”“神圣”“竞争”“手段”“专家”“科技”“语言”“表演”“口号”“生活”“抽离”“政治图腾”“冒险”“现实”“法律”“制度”“沉默”“逆转”“公平”“节制”“自主”“礼貌”“诚信”“准确”“根本”“文明”“态度”“未来”等影响国家、社会、生活、文化等各方面的重要议题。

我从未见过行文如此准确、简洁、有力的评论文字。杨照的文章一改之前诸多社会评论作家充满情绪化暴力的尖酸和刻薄，而仅仅以引人入胜的故事（铁一般的史实改写），温文尔雅地阐述人类通往文明之路途中所经历的挫折，以及通往未来开放社会中“个体”所不可推卸的责任。

这很难得，大多数作家都无法在写作中控制自己的情绪，纪德不能、加缪不能、鲁迅不能……所有的诗人几乎都不能。即使有人在竭力控制，也往往显得勉强和压抑。不能，虽不能代表无能，但至少呈现出某种应对自我之时的乏力。可杨照的控制，一点也不显做作，甚至说轻松自如，在他的著作中，我看不到作者丝毫的个人情绪。

在《庸俗是一种罪恶》中，杨照讲述了第一次世界大战之后的德国，人民不堪战争的折磨，发动了革命，凯斯勒进入狼藉一片的皇宫，看到让他触目惊心的景象，不是被打砸破坏的房屋门窗，而是皇家的收藏——那些宣扬爱国主题的画、俗丽金亮的武士甲衣、勋章及杂七杂八的纪念品。

凯斯特在日记里写道，“在这种氛围里诞生了世界大战……对这些破坏，我没有一点怜惜之感，只有厌恶，因为我想这样的世界并没有被摧毁，相反的，这个恶俗的世界继续以不同的形式存在，无所不在。”

凯斯特出身富庶，又受过良好的教育，资助过很多作家、诗人、科学家和艺术家。爱因斯坦曾到他家与之长谈相对论，他在20世纪初期欧洲文艺界和科学界影响甚大。第一次世界大战爆发之时，凯斯特已经四十六岁，他抱着极大的爱国热情主动请缨，在前线炮火中度过了两年，后来成为一个反战者。杨照分析说，凯斯特态度转变的关键，“就在于他实在舍不得文明的成就，以及创造这些成就的优秀人才。”随之得出这样的结论：“一个不懂得欣赏人类文明精华，无从明了文明成就之难得与可贵的领导人，才会愿意发动战争，为了追求战争的胜利，愿意投注所有资源，付出任何代价……将国家看得那么重要，把文化艺术看得那么轻，这种态度正源于庸俗。”

顺着这样的逻辑，作者提出一个振聋发聩的疑问：如果德皇和凯斯特一样，明了梵高、雷阿诺、塞尚、易卜生、左拉、罗丹、萧伯纳、普鲁斯特的价值，他还会舍得让战争摧毁这些人的生活，或摧毁他们留给世界的遗产吗?

哈夫纳在纳粹权力到达高峰之时，比较过两位具有群众魅力的德国政治人物——拉特努和希特勒。“他们都让群众的幻想发挥到极致，前者凭借的是令人敬仰的文化素养，后者凭借的是让人无法望其项背的卑鄙下流。前者来自深邃的精神领域……后者来自连最低级的廉价小说也描绘不出来的渊薮——那是一个由小市民的暗室所囤积的霉味、流浪汉收容所、军营的粪坑和行刑室组成的阴曹地府，恶魔即自此向上窜升。”结果不幸的是，拉特努遭暗杀，希特勒迅速崛起成新独裁者。

据说，少年希特勒曾努力学习绘画，幻想成为自由艺术家，可因天赋不足而未能实现，随之对文学艺术产生“仇恨”，依靠庸俗攫取群众想象。庸俗者对他们不能领略的文化艺术和科学成就容易产生妒恨。“因为庸俗，所以看不见什么是值得珍惜的；又因为妒忌和仇恨，所以破坏起来格外起劲。”

充满野心的政治家以“反智”作为基本策略，“将自己化身为幼稚的儿童与庸俗者的代言人，以此取得权力”——破坏的权力。庸俗如此可怕，杨照先生警示地指出，第一次世界大战和第二次世界大战，都与庸俗有关。庸俗是战争的源头。

在《故事照亮未来》中，诸如此类精彩的论述俯拾即是。比如《公民意识》，作者阐述公民意识的来源主要是因为对“政治道理的责任感”，“民主必须依靠大家超乎自身利害地‘过度’关心政治，甚至产生强烈错觉，以为自己的一票真能有所改变、有所影响，民主才能依靠选举发挥效能。”而公民对政治的责任感，正是来源于某种幻觉，“不断放大自己在政治上拥有的权利与影响。”

在《绝对真理》中，作者比对分析了小布什和林肯的信仰之路和就职演说，二者都讲到了上帝。林肯讲的是，“谦卑地面对上帝，时时怀疑自己的决定”；小布什拉上帝为自己背书，将自己要做的事包装成“上帝的旨意”——“反恐、战争、冻结人权、为富人减税……都是不该被质疑的使命。”林肯的上帝与民主没有冲突，但小布什的上帝充满自信，我行我素，陷入了民主的对立面。事实上，没有人能掌握绝对真理。

“别问国家能为你做什么，问问你自己能为国家做什么。”因为肯尼迪的这句话，美国进入爱国主义高潮。这一句话，在美国之外的其他地方，也很受欢迎。可 1963 年 11 月，随着肯尼迪遇刺身亡，以国家作为信仰的对象，将自我利益屈从于国家需要之下，已经愈来愈难以被接受了。取而代之地是，“国家为你做了什么”，“唯有弄明白这个问题的答案，我们才有办法下定决心，相应于国家为我所做、所提供的服务，我能为国家做什么，我又愿意为国家做什么。”

保持怀疑、思考的态度，以色列作家奥兹就是因为一次误会，在贝京演讲的现场发出巨大的笑声，而被祖父几耳光抽醒，逃离空洞的煽动性语言和国家主义。

印度圣者桑西塔说：“将自己用诗韵包起来，于是在接近火的时候，就不会受伤了。”在《神曲》中，但丁选择罗马诗人维吉尔作为他的导游，当他被恐怖和哀伤纠缠欲步不前，维吉尔催促他，“发呆看什么？我们没有那么多时间，还有许多地方要看的。”

杨照说，“诗与文学，将特定的痛苦普遍化，让我们不只看到一桩事件的痛苦，一个人的痛苦，而去看众多痛苦，直到看见痛苦本身，这样我们才能回来理解自己、谈论自己……”

摆脱阴影的方式有很多种，但唯有拒绝“同质化的故事”，才可以让人“用文学将自身从现实中抽出”。唯有“不断追求好一点、再好一点”，未来才会变得更美好。

那么多天才都在受难

路边绿得发亮的草芥，告诉我们，要活得更低。

长高了……那就去死吧！

那么多庸人都活得很好。他们忽略了，所有的苦难和悲喜。

像草芥一样，过滤掉遗传学和高度，大半截身体陷在泥土中。

总有一些人不计后果……如松柏、银杏、石板条、苦李子和刺槐。一生都与死亡、清冷、孤独和险境为伴，一生都活在与生俱来的拒绝里。

木秀于林，风必摧之。

那么多伟岸的身躯迎风招展，

那么多天才都在受难。

2013 年 9 月 12 日下午

作家政治与诗人政治

乔治·奥威尔影响最深远的两部作品无疑是《1984》和《动物庄园》(也译作《动物农场》)。明眼人一眼便可看出,《1984》里面的那双无时无刻不在“看着你”的老大哥，所指的是一位权威领袖。当一个国家试图掌握所有公民的一举一动，让他们围着不可能实现的幻象像机器一样保持高度运转，这个让民众山呼万岁、表面爱戴，内心实则万分恐惧的政权，必将在不久的将来陷于瘫痪，直至瓦解。事实上，苏联的解体比当时的人们想象中的要快，甚至快得多，几乎是迅雷不及掩耳。

在《1984》之后仅仅过了六年，奥威尔所极力刻画的无限贴近苏联政权本质的文学世界，在现实世界中瓦解了。这是作家的政治，因其刻画和预言他国，而不具有多少风险。不像同时期苏联的其他作家和诗人（除了高尔基等少数作家的），他们或被迫害致死，或被流放，或被逮捕送进集中营，或被迫远离自己的国家，流亡他乡。

我认为奥威尔最伟大的作品是《动物庄园》，这部寓言小说几乎把政治小说写到了极致，以致所有的政治小说与其相比都相形见绌。

除了索尔仁尼琴、鲁迅等极少数作家的写作是直接干预政治，并企图通过文学来揭露某些政治的人性的阴暗和真相，大多数作家都是没有直接对抗政治的勇气和智慧的。奥威尔所做的也不是对抗，因为他离他所描写的国家机器有着十分安全的距离。所以，直接介入政治的作家的政治，要么是十分冷静的旁观式真理阐述，要么是持久的现实揭露。但从事这两个方向创作的作家，数量上其实极其稀少，少到屈指可数。

别的不说，我们再来看看沙俄和苏联时期的诗人，除了为大众所熟知的沙俄时期的普希金、莱蒙托夫，苏联时期的叶赛宁、马雅可夫斯基等，还有许多伟大的诗人，比如古米廖夫、曼塔施坦姆、茨维塔耶娃、阿赫玛托娃、帕斯捷尔纳克……这些被称为“俄罗斯白银时期的诗人”，是当时世界诗坛上最顶尖的诗人。但是，他们的命运几乎都被政治左右，有的抑郁而终，有的惨死狱中，有的被直接枪毙。

如果从政治的参与度来说，诗人的政治比作家的政治更强烈、更坚定、更顽强、更不可救药。或者说，诗人比作家们更“爱国”。他们因其思考的深远性而看见了更遥远的痛苦，他们要与这遥远的痛苦做斗争。他们渴望自己的忧虑被承认，他们是在为承认而斗争。

“为承认而斗争”，这好像是黑格尔的一个哲学命题，但其实与文学和政治有着千丝万缕的奇妙关系，他们紧密相连，又似是而非。

这个与哲学有关的话题用三两句话不可能说清楚，我们还是回到作家和诗人与政治的关系问题上来。

大多数作家与政治保持着某种若即若离的关系，他们既想揭露政治，又想通过利用政治获得某些利益（当然，也不排除有些作家一点儿不关心政治，他们只从事消费或休闲（或者说闲适）文学的创作）。所以，他们的政治观念是功利而摇摆的，一旦发现风吹草动，就缄口不言，甚至弃明投暗。

而大多数诗人，因为天生具备哲学家的辩证思维且热爱真理，他们几乎都站在政治的对立面。当他们看见了政治的阴暗，就无法容忍其暴戾，从而直接走上了反抗的道路，他们甚至想通过自己参与政治，以达到改善政治的目的。比如，屈原、文天祥、杜甫、拜伦、雪莱、米沃什、闻一多等。诗人的政治，是歇斯底里不顾一切的政治。他们更冲动、更单纯、更纯粹、更不顾一切。

当然，我所说的作家政治与诗人政治并非绝对，只是大多数情况下大多数人如此。也有一些例外，比如作家奥威尔、索尔仁尼琴、萨特、加缪、左拉、纪德、米兰·昆德拉等，就具备诗人政治的属性。而王安石、泰戈尔、纪伯伦、里尔克、郭沫若、冰心等就基本上属于作家政治。

还有一个特殊群体，像诗人曹操、李煜等本身都是帝王，他们的政治就不仅仅是作家政治或诗人政治那么简单。

左拉说，“知识分子必须对权力说不”。对于写作本身来说，文学作品是否关心政治只是个人选择和创作方向的问题，不应以道德来绑架和约束写作。但若从人类的良知出发，作家和诗人有关心公共生活的义务。写作者必须明白一个道理，即便是无关政治的“准风月”写作，在遭遇集权统治之时，也会面临巨大的风险，或被迫自我阉割自由写作的禀赋和才华。这样看来，文学必须关心政治，直到政治不再关心文学为止。

2013 年 11 月 7 日晚于金寨古碑

读者杀害作者

今年曾买过两本书，一本是伍尔芙的《普通读者》，一本名叫《作者，作者》，都还没来得急细读。后一本大概是冲着书名买的，前一本呢，实不相瞒，我是冲着作者买的，伍尔芙长得真好看，特别是她的眼神，那么清澈，尽管现实中她可能已年逾古稀了。长得好看，又能把作品写得那么好的女作家，实在不多，还有其他人吗？之前偶然读过她的小说《到灯塔去》，很喜欢，虽属于技巧派，但语言和细节也几乎无可挑剔。

这两本书与我写这篇文章没有什么关系，连引子也算不上，《普通读者》是一部评论集，《作者，作者》呢，我还没翻看具体内容，回头看了再说。这里说到它们，仅仅是因为书名，与我写作此篇随笔的题目有关：读者，作者。

以前我们经常听说，一本书可能会影响读者的一生。这倒也不夸张，一部书对读者的影响，是作者无法估量的。特别是那些思想性、煽动性很强的著作，对读者的影响尤其巨大、深远。一般来说，思想深刻的作者的精神，往往比他的大多数读者强大。当作品写出来之后，一部分脆弱的读者，可能因无法承受作品带给自己精神震颤的强度，在应对现实无力之时，就会受到作者作品的影响，从而做出悲剧性的选择。比如，消极遁世，沉浸在某部书本的准则中如梦如幻地生活，甚至自杀。

据说，歌德的《少年维特之烦恼》出版之后，在掀起了燕尾服热潮的同时，也引发了当时的德国青少年因情自杀的高峰。

海子在山海关卧轨自杀之际，随身还携带着梭罗的《瓦尔登湖》，这虽不能作为海子自杀的一个诱因，但可以肯定的是，当时海子的精神在某种程度上，一定受到了梭罗的影响。

近代中国，有多少热血青少年，因读了欧文、卢梭、傅里叶、马克思、邹容、陈天华、胡适、陈独秀、李大钊等人的著作，走上革命的道路；又有多少热血青少年，因为读了鲁迅，战死沙场，或被杀害。

社会动荡的年代，或思想禁锢的年代，作者确实很容易“杀死”读者。因为一不小心读了一本禁书，就会构成犯罪，被逮捕、关押、折磨，甚至杀头。秦始皇焚书坑儒如此，董仲舒“废黜百家，独尊儒术”如此，朝清文字狱如此。

作者一不小心成了杀死读者的“幕后凶手”，这是作者始料不及的，但作者除了悲痛，好像也做不了其他亡羊补牢的事情。比如鲁迅在刘和珍、柔石等左联烈士死去之后，虽写下了《为了忘却的纪念》《纪念刘和珍君》等纪念文章，但根本无法挽救那些读者朋友们的生命。

和平年代，可能偶尔还有一些作者因言获罪，但因读了某位作者的某本书而获罪的事件已经不可能发生。和平年代的大多数人，饱暖之后，往往不思进取，也不思危，它们更多时候思的，是淫欲，所以，他们更容易受到娱乐明星的影响。因此，作者杀害读者，现在已经不大可能发生，只是历史。

相反，现在经常发生的是，读者杀害作者。

这种杀害，当然不是读者直接要作者的性命，而是终结他们作为一个严肃作者的创作生命。这对于作者来说，更致命。

我看到过很多有才华和天分的作者，因读者的需求，阉割掉自己的思想，或彻底转型，从事毫无意义的消费文学写作。

据说，很多网络写手，他们的写作是直接被读者牵引的。作者在写出部分小说章节之后，开始在网络上连载，读者阅读后及时将自己的阅读感受和自己希望接下来发生的故事情节反馈给作者，作者再根据读者的心理需求，写出迎合读者口味的作品。

读者直接参与到作者的写作工作中，与他们一起，成为小说故事的创作者；作者充分听取读者的意见，实质上又成了读者的读者。

这种身份和角色的转换和互动，就是读者在“杀害”作者。它首先消解了作者的想象力，使得作者的主动创作变得被动。其次，它使得作者的写作能力和思想智慧变得低下，并且及时互动所带来的短暂喧嚣，会让作者逐步丧失自觉与自省意识，最终变成一个通俗故事的机械化大生产机器。这种恶性的循环往复最终又会回馈给读者——降低读者的阅读品味。

作者绝不可以跟他（她）的读者妥协。作者主动迎合读者，去写他们喜欢阅读的作品，无疑等于自杀。

作者和读者的关系是某种双向选择的关系。很多时候，不是读者在选择他的作者，而是作者在挑剔他的读者。当一个读者走进书店，表面上看来，是读者在选择他所喜爱或需要的作者的作品，实际上，正因为读者被作品中弥散过来的作者的气息所吸引——作者通过作品所持续散发出的这种神秘的引力，让他的读者无法抗拒。

2013年11月11日午后

在文学荒原上独自成俑

第一次读到梁小斌的诗，我刚读高中一年级。语文老师借了一本《中国当代文学作品选》（应该是某大学的中文教材）给我，里面选了他的两首诗——《中国，我的钥匙丢了》和《雪白的墙》。当时，我的阅读面还很狭窄，只刚刚读过布莱克、华兹华斯等为数不多的外国诗人的部分作品，国内的只读过海子、顾城、舒婷等朦胧诗人的诗集。虽不能完全读懂，但感觉梁小斌的诗与他们的都不一样，而到底哪里不一样，我说不上来。在大多数少年都把四大天王等娱乐明星当偶像的年代，我的偶像是那些诗人。

随后，到合肥读大学，那是一段疯狂而单纯的时光。我热爱诗歌，甚过于热爱姑娘和自己的生命；我的大学几乎是在图书馆和荒野中度过，除了读诗、读哲学、读小说、谈诗、听摇滚乐、写小说和写诗，我几乎对任何别的事情都失去了兴趣。我那时唯一的信念就是，我不要成为一个平庸的傻子，我要成为一个伟大的作家或者诗人。

偶从一同学口中得知，他认识梁小斌老师！

其实，他并不认识。他高中的语文老师曾请过梁小斌老师到他们学校做过一次演讲。我叫他赶紧帮我要梁小斌老师的电话。他竟然真帮我要来了！

有一天，我战战兢兢地拨通了梁小斌老师的电话，那边传来一缕声音，仿若青烟，气若游丝，问我何事。我说，想请您到我们学校给我们做一场演讲。那边说，再说吧。

然后我再也没有给他打过电话。那时，我是一个自尊心极强的愤青，感觉梁小斌老师不够热情，有些郁闷；另外，我觉得请他这样的大诗人来讲课，多少得支付点辛苦费，我想找团委争取一千块钱的费用，领导没同意。

大约是2007年，或者稍早一些，我偶然在天涯社区上读到一个很热的帖子——“梁小斌：我为《中国，我的钥匙丢了》忏悔”，当时大吃一惊，读完后很是伤感。

> 一个诗人必须对他写的诗承担责任，这是我心头的沉重石头，我在讴歌那个暴戾时代的时候，因为早有《理想之歌》在我的头顶，我在那个理想主义的诗坛上，没有哄抢到“暴风雨中的海燕”那顶桂冠。没有抢到并不说明就没有抢夺的愿望，没有

抢到活的阶级敌人捡回来斗，我只抢到阶级敌人留在家里的坏思想。原来，包括我在内，均是阐释政治生活的写手。所谓“写手”，就是把人与人之间的亲情关系，揭露为阶级斗争关系，或者又依据新的时代要求，把它又还原为友爱关系，犹如那个糠菜窝头。因为它是文学的，它是以感人的面貌出现，它的基本模式是控诉。在我的诗歌那里，两种互相矛盾的声音，被乔装成为一个诗人的心路历程，蒙昧或者被迫，是掩护诗人过关的辩护词。我忏悔！当代文学里解构思想看上去具有批判精神，实际上如同《中国，我的钥匙丢了》一样，只是控诉主义骗局的变种，如今的青年诗人们看上去什么事情都未参与，当别人把“腐朽”的大厦盖起来之后，他们猛然成为一个拆建筑的人。我们能提供的所谓“诗歌经典”，就是这样无形地毒化着后人……

作为一个一腔热血的少年，怎能允许自己的偶像在心中坍塌？任何人都不能诋毁他，包括他自己。我当时写了一篇随笔，名叫《无聊的忏悔——写给梁小斌先生的申辩书》，我要替诗人反驳自己。

当年你们大义凛然义无返顾地走在艰难的荆棘路上，一路呐喊的时候，多少人为你们助威！你们是他们的“先知”，是你们把他们从沉睡中唤醒，给他们力量。你们并没有毒化后人，相反，你们使得他们在反省的同时更加坚强。作为一个时代的见证者，我们不需要知晓您创作的初衷。既然你已经为我们留下了见证，就不要想办法去毁灭……

今天看来，那封申辩书写得非常稚嫩，所表达的观点也不能成立，但其传递的信息无疑是善意的。这一切，梁小斌老师可能一点都不知道。徐敬亚老师曾说，“在文学的荒原上，中国诗坛有两个最天真的孩子，一个是顾城，一个是梁小斌。”而梁小斌老师曾这样给诗下定义——“诗是反驳。”他说得斩钉截铁。他就是那样，在独自营造的茧中不停地反驳着自己。

真正的结识还是前些年，记不清是哪位诗人请客了，梁小斌老师从北京回来，很多诗人作陪，我算是其中比较年轻的诗人。首次见面，颇有些激动，加上周遭朋友们的“美化”与“丑化”，梁小斌老师似乎对我产生了那么一点点兴趣。那时，梁小斌老师身体还很健康，烟抽得特别凶猛，酒喝得也多，除了客套的寒暄，他不多说话，但每每语惊四座。

那时，我已经陆续读了梁小斌老师的大部分诗歌作品以及他近十年来陆续出版的随笔集——《独自成俑》《地主研究》等，加上与身边的朋友祝凤鸣老师等闲谈中对梁小斌老师的描述，以及多次与他亲密交流、接触，让我对他的思想和处境有了更全方面的了解。

“文化大革命”时期，一次偶然的机会，梁小斌开始了自觉的文学阅读。当时他的父亲所藏图书诸如《联共党史》《鲁迅全集》之类，大多被他论斤当废纸卖掉了。“我家门口来了个爆米花男孩，他从煤堆了摸出一本脏兮兮的书，凭我的记忆，可能是《罗密欧与朱丽叶》，但他并没有借给我看，而是提出了交换条件，我从自家厨房门后偷了一块咸肉递上，他又摸出一本《唐璜》……”

在陆续送上几块咸肉之后，英俊少年答应帮梁小斌引荐一位当时的著名作家绥民，原来那些书都是绥民的女儿偷出来给他的。见了绥民之后，他出于谨慎，只借给梁小斌一本《中国新诗选》——那里面汇集了中国五六十年代新诗的成就。梁小斌如获至宝。

事情终于还是败露了。当时，自主的阅读是一种禁区，父亲怕他在外面闯祸，还在逼迫他没完没了地抄写、背诵毛主席语录。他鬼鬼祟祟地躲进厕所里阅读。有天半夜里，一本像砖头一样的《唐璜》不小心从双人床上掉到地上，父亲闻声拧亮电灯，做过公安工作的父亲从未见过这种书。接着审讯开始……梁小斌说：“我唯一的出路，就是赶紧到农村去，接受改造。”

苦难从此开始，但梁小斌从不把苦难当成敌人，即使身处苦难之中，他依然在思考人类精神的高贵和优雅。他曾如此写偷鸡：“鸡的芬芳在大步疾走，犹如戴着红色羽冠的翩翩少年，将她被杀害的消息，在天亮之前通知千家万户。”知青生活的很多记忆，后来成为他的随笔集《地主研究》中许多篇章的重要材料。

叶匡政说：“梁小斌是一个只剩下大脑的人，这样的人能活在我们身边，本身就是一种奢侈。”梁小斌确实对物质没有什么概念，他勉强可以用手机接听电话，不会用电脑，不上网，不会发电子邮件，所有新鲜的事物他几乎都没有办法接触。他甚至对具体的物质没有任何兴趣。比如，吃饭的时候，他只夹最靠近他手边的菜。有个熟悉他的朋友曾经举了个看似可笑的例子，他说，梁小斌是不能直接接触钱的，你给他一万块钱，他可能马上就没有了，他会把钱随便揣进裤子口袋，一半露在外面。

这个只剩下大脑的人，在处理现实生活问题时，几乎没有脑子。

据梁小斌自己说，“也有省委书记、宣传部长、市委书记关心过我的。我获奖之后，请朋友们吃饭，有朋友告诉我，省里市里的领导要找我谈谈。谈什么呢？我赶紧回家看书，怕到时见了领导说我不像作家。我在家里等了一个多星期，也没等到领导上门来找我谈……机会被我一次次错过了，因此只得煎熬。”

新时期的著名诗人中，除了那几位离世的，大多数都因诗名获得了相应的“地位”，或为大学教授，或为作协主席，唯有梁小斌，没有任何职位，生活境遇一直非常差。在二十几年前被工厂除名之后，他一直靠打零工为生，苦难仿佛“爱”上了他，死死地缠着他，对他忠心耿耿，一直与他相伴。

梁小斌曾这样写他的苦难：

我有一个黑暗的出处，
我跟黑暗有关。

我猜测他一定像在《断裂》里写出的诗句那样面对自己的苦难。

战战兢兢，
等待一切，
事到临头拼死顶住，
——无论如何也要站立。

这个“在一条伟大河流的旋涡里喊过救命”的人，思维一直是反向的、悖论的。他在《飘》中这样问过我们：

我能进入秋天吗

紧接着，他给出一个除了想象别无他法的假设行为：

我应该站在片枯叶脱落之处
那个比肚脐还要小的地方
往下跳
要站准了，我就会飘

去年秋天的某个夜晚，在饭桌上与梁小斌、祝凤鸣、黄震等诸兄长交谈。谈到关于苦难的问题，梁小斌突然发问：“大多数人不敢承认和暴露自己的苦难，为什么呢？”

当时梁小斌老师打算从北京回来。据说他老人家把深圳的一份工作给辞了。回到合肥干什么呢？据说也是干一份文化顾问的工作，合肥怎么着也是梁老的大本营嘛。还有，我总感觉还是合肥的兄弟们对他实在些。

梁小斌老师是当之无愧的语言大师。关于这个问题，作家残雪以及众多的诗人都曾写文明证，我们这些与他熟悉的朋友更是有目共睹，甘愿折服。

我时常在心里为梁小斌老师鸣不平，这样的大师、这样的天才，不说应该享受怎样的荣华富贵，但起码应该过得飘逸潇洒。物质上不说多富有，但至少不应该缺钱花吧。朦胧诗时代的几位代表诗人，除了海子、顾城英年早逝，剩下的舒婷、北岛、多多、芒克、杨炼、王小妮、翟永明……感觉他们都过得挺好的。唯独这个梁小斌，我每次见到他，除了听他呓语式的谈论诗歌和语言，几乎每次都会听到他“要挣钱”。为什么他总是这么纠结呢？

记得有次徐敬亚老师过来，张岩松请客，好酒好菜，徐老谈兴大起，本就激情澎湃的他，真知灼见不断，也谈了很多很有意思的话题。不知怎么就谈起了梁小斌，徐老说，梁小斌这小子（玩笑的调侃，无贬义），太纠结了！太苦了！他为什么就这么纠结、这么苦呢？他要不纠结、要不苦，那就不是梁小斌了。这小子，太想赚钱了，做梦都想，但他要是能赚到钱（很多钱），那就也不是梁小斌了。梁小斌怎么能有钱呢？他一旦有钱，就会躲起来，我们谁也见不到他了……

是这样吗？谁知道呢？但徐敬亚老师说的，确实接近梁老的本质。可我还是真希望梁小斌老师有钱，尽管这对我没有任何好处。我看着这样一个老人、这样一个伟大的思想家，还在为俗事奔波、为生活所累，为可能到来的利益不经意间流露出的那种卑微神情——我感到难过。有时我们聊天到深夜，大家都疲惫不堪，又毫无睡意，梁老瘫软在沙发里，香烟袅袅，似睡非睡，似醒非醒，他的脸上刻满的哀愁与苦难，让人不忍细读。

好像差不多又到了酒过三巡的时候了，那晚黄震老师带来了陈年老窖，大家惬意地喝着，梁老不觉间进入了状态，他开始不停地说话，几乎没有一句不精彩，大家都屏住呼吸，听得入神。

他突然开始发问，一时没人接茬。一阵沉默。

我说，大多数人不敢承认和暴露自己的苦难，是因为他们觉得丧失了尊严。

“家丑不可外扬，说出来觉得没面子。”一位朋友说。

停顿了一会儿，我说：“现在，我们的问题不在于敢不敢承认和暴露苦难，而在于我们已丧失了苦难意识，我们不知道自己的苦难。比如，大多数人过得其实并不好，但都自我感觉良好。”

“说得好！”朋友们接连附和。

“噢。好像是这么回事。”梁老深吸了一口烟，我没见他吐出来。

我想起他在《说“剑”》中写道：“真正意义上的剑，应当磨损得消失殆尽，化为一团云烟。”

我还想起他多年前写下的诗句：

但愿你们，
不要像我们这一代人，
石块似的眼瞳，
盈满了心酸的泪水。

记得那晚，我们还谈到如何“出名”的问题，梁小斌也略带自嘲的口吻问我们：“我如何才能更出名呢？让全国人民都知道。”我们为他“想了很多办法”，当然都是馊主意。比如，提议他写首与中国梦有关系的主旋律歌词，找个流行歌手与他一起演唱，让央视和各大卫视循环播放；让他做个惊世骇俗的行为艺术，等等。

谁也没想到，那次秋天的相聚竟差点成了永别。我们的玩笑竟然成真，梁老虽没因祸得福，但确实因病“全国出名”了。

去年深秋的某个黄昏，我正在山区写作，突然接到祝凤鸣老师的电话，他说梁小斌出事了，突发性脑梗死，现在双目接近失明，正在北京一所医院接受治疗，让我赶紧抽空回合肥，商量为梁老募集捐款事宜。

我赶紧赶回合肥，此时关于著名诗人梁小斌突发脑梗住院无医保、无钱医治的新闻已经铺天盖地。而一场关于诗人生存困境的话题正被各家媒体争相讨论，成为具有全国影响的社会事件和文化事件。与此同时，在身处北京的著名诗人简宁、叶匡政、刘不伟等梁小斌身边的好友呼吁下，各地正在发起和筹备捐助。本地媒体，诸如《合肥晚报》《新安晚报》等也开始关注，尤其是《合肥晚报》，主编曹军不遗余力，不惜版面，及时关注梁小斌身体状况，在祝凤鸣等的张罗与呼吁下，与逍遥文艺沙龙、合肥市文交所共同发起“每一把钥匙都是温暖的——救助梁小斌专场拍卖会”活动，现场筹集十七万余元善款。

梁小斌生病的消息牵动了全国关心他的人的心，中国作协主席铁凝等分别致信慰问并送去善款，短短几周，捐款数额已接近百万。北京也传来了好消息，梁小斌病情好转，在经过几次手术之后，眼睛已能见到一丝光明！梁老赶紧委托朋友发布了“停止捐款声明”，在表达对捐助的热心人感谢的同时，单方面呼吁各方停止捐款，因为医药费差不多已经够了。

就这样，梁小斌被众人从死神身边拉了回来。事后，梁老回忆生病的日子时说，“失明让他真正体会到光明与黑暗的区别”。

2013 年 7 月，梁小斌回到合肥。

梁小斌回合肥了！这可是今年合肥最大的文化事件，几乎省城的所有媒体都做了篇幅不小的报道。他回来做什么呢？大多数人并不知道。

其实，梁老回来主要有三件事情：一、参加圣马民谣诗歌音乐会；二、参加在许多余画廊书店举办“母语身边的扬子鳄：梁小斌诗歌专场朗诵会”；三、准备在合肥租个房子，住下来，继续住院治疗。

在接梁小斌去书店的途中，梁老突然问我：“多余啊，能否帮我把母亲也接过来，听听我今晚的诗歌朗诵会呢？”我说：“求之不得！我马上就安排车去接她老人家。”可梁老却突然沉默了，过了一会儿，他像个孩子似的喃喃低语：“我母亲要是不喜欢我的诗，怎么办呢？”

这确实是个问题，梁小斌的母亲并不知道他这些年一直在写诗，梁老也几乎从未说过他一直在写诗。青少年时代的梁小斌从图书管里借来大量的文学和哲学书籍，某日他回到家里，发现所有书籍的封面都被母亲打上了红叉，写上“大毒草”三个大字。这让梁小斌惊恐万分。

这次梁小斌诗歌专场朗诵会，应该是国内为他举办的首次专场朗诵会，意义深远。当晚来了六十多位诗人和诗歌爱好者，有认识的，有不认识的，新老朋友汇聚一堂，从课本、记忆、网络、诗集、杂志等各种渠道搜集来梁小斌的诗歌，以朗诵的名义向这位曾与北岛、顾城、舒婷齐名，甚至比海子还出名的活化石般的诗人致敬。

这本是“声东汲西·2014首届中国（合肥）自由艺术展”诗歌与行为艺术周的一场活动，因梁小斌老师眼部的两次小手术而一直延迟至今。现在，也算是了却了一件心事。

著名艺术家黄震、陈宇飞，著名诗人杨键、张岩松、雪女、莫幼群、阿洋、卜白、朱超、闫超华、冯丽、李式岭、落梅子等均朗诵了梁小斌的诗。

多年不朗诵自己诗歌的梁小斌，这次也破例登台，开场就背诵了早期作品《这是晚风》。最后的压轴大戏，也是梁老亲自朗诵（依然是背诵）他著名的诗作《母语》。

“母语河流中的扬子鳄，不会拖走她岸边的孩子。”梁小斌在朗诵到这句的时候，突然停了下来，他伸手拂了拂额头上的汗珠，大声地反问大家，母语河流中的扬子鳄真的不会拖走她岸边的孩子吗？没等人回答，他说，这只是诗人的一个理想主义的期望。事实上我们都知道，扬子鳄一定会拖走孩子，并且是离它最近、最亲密的那个孩子。

我是活在母语中的一个象形文字。

我活着。

我写诗——

最后一个字，梁老读得很重，拖了很长的音。仿佛文学荒原上，那个孤独的作茧者正撕咬着紧紧纠缠在一起的蚕丝。

他迅速啄破了苍白的壁垒，挥舞着锈迹斑斑的丰满的羽翼，振翅欲飞。

2013年11月11日至2014年12月8日

小资土壤

我以前是抵制小资的。这种抵制情绪来源于对小资情调作家的鄙夷。我身边不乏这样的写作者，擅于抒写一些小情小调，各种专栏上经常会见到他们的名字。以前以为这种偏见主要因为个人对散文这种文体的怀疑。我以为文学不应该存在散文这种形式，要么写诗，要么写小说。写什么散文啊？肤浅、无聊，抒写无病呻吟的文字等同于犯罪。或许，说犯罪言重了，犯贱是一定的，不怕文人泛滥，就怕文人犯贱。在国外，好像也根本没有什么散文，而只有随笔。

后来，我仔细分析了自己的狭隘，觉得主要是因为自己“土”。我生于农村，身份至今还是农民，天天与土地打交道，眼光自然被“泥巴”糊住了。

巧合的是，我在城里所从事的职业，却恰恰与小资关系甚密。早期做编辑，从事电视工作，现在写作，开书店，哪一样看上去不小资呢？

但我真的不是小资，小资的特点我几乎一个都不符合。常规意义上的小资，有些小资产阶级情调，喜欢文艺但从不愿意深入研究文艺，关心精神但从不愿为精神付出，追求优雅但更偏重于物质层面的享受，重视心灵空间但更注重于感官刺激……

随着文学变得越来越小众，现在连热爱读书、谈论文学都成为奢侈的事情，小资倒愈发显得弥足珍贵了。现在的小资，已经跟几年前的小资不太一样了，小资们也在自觉修炼内功，兼具了文艺青年的特质。文青可贵，但纯文青大半贫穷，在文艺消费范畴几乎等同于穷困。小资可爱，加上爱文艺，就更可爱了，简直让人“爱不释手”。

不止一次听说，合肥这个城市缺乏文青与小资，由于这个群体的缺失，而让与此相关的产业步履维艰。这一点我有切身体会。

其实，没有一个地方天然就产小资，也没有一个地方天然就是小资聚集地。小资土壤主要有两点构成：城市的文化底蕴和新兴人文精神。小资喜欢寻找文化记忆，一棵树、一座桥、一条破烂不堪的老街，三五家人们时常谈论的小店，都足以成为让他们留下来生活的理由。城市扩张得再快、规模再大，都没有用，你连一家像样的美术馆、书店和艺术区都没有，而之前的记忆又都被迅速扩张给拆迁、毁灭，你让他们凭什么喜欢这个城市？

最重要的是，毫无疑问，小资群体是一个城市最重要的消费群体。这个群体的缺失或迁徙，必将导致一个城市物质和精神双重的衰败。

2013年4月26日

静默如谜

2012年2月1日，辛波斯卡去世了，她没有过上“世界末日”的情人节。去年最火的诗集是她的《万物静默如谜》。“被书写的母鹿穿过被书写的森林奔向何方？”我不知道。我只感到被书写的诗句穿过被书写的诗人迎面扑来。

她在《剧场印象》中这样写道：自杀的女士屈膝行礼，被砍落的头点头致意。成双成对的鞠躬：愤怒将手臂伸向顺从，受害者幸福愉悦地注视绞刑吏的眼睛，反抗者不带怨恨地走过暴君身旁……

如此充满荒谬悖论的诗句，没有任何理由不打动我。自杀的女士，定是灰心绝望至极，但她却屈膝行礼；被砍落的头颅，定是充满恐惧，但它却点头致意；愤怒瞬间变得顺从，受害者宽恕了加害者，反抗者温和地漠视暴君。如果不是天生的受虐狂，所有你能想象的悲悯情怀，都被她完美地描述了出来。

城市里的人总是比乡下的人想得多，我这个来自乡下单纯的土人自然不乏上当受骗。以前从不设防，朋友自然三教九流，然暗箭屡屡投来，很让人不安。后来，我暗自给自己交友定下几个原则：悲悯、善良、豁达。是不是同行不重要，有些虽是同行，但好像根本不是“同类”；是不是老乡不重要，有些老乡比异乡人更难以相处；是不是同龄人不重要，我更喜欢结交比我年长的人；贫穷或富有也不重要，我受得了穷人的气短，但绝对受不了富人的嚣张。

我害怕被灼伤，但还是防不胜防。有些人看似温和谦逊，实则暴戾；有些人出手大方豪迈，但内心狭隘无比。

所以，有些人，我见过一次，就不想再见了；有些人，认识了之后，我就觉得后悔了。诗人王小妮甚至还说过，“有些不认识的人，我也不想再认识了。”

有时想想，是不是在城里待久了，人无意间也染上了某些我原来很不齿的小市民习性？我是不是也变得小肚鸡肠、斤斤计较、战战兢兢、圆滑世故了？

每次遇到有朋友反目，我总是百思不得其解——你以为别人对不起你，是不是你早就对不起别人了？你以为别人错怪了你，是不是你也错怪了别人？你觉得自己被他伤害了，实际上你或许早就伤害了他。这一次战争爆发，只是因为之前恩怨的积蓄，就算这次不爆发，也迟早会爆发。

而偶然间与爱人的争执或争吵，之后，都让我寝食难安。事后回想，总是追悔莫及。有什么大不了呢？都是鸡毛蒜皮的小事，日子还能因此不过了不成？我时常因为控制不住情绪感到羞耻。你一个整日面对自我的写作者，却连自己都控制不了……那个在你头脑中潜伏的小兽，你都驯服不了，你还思考什么全人类呢？你所谓的情怀哪里去了？你修炼得还不够啊！

菲里斯暴君亚历山大不敢到剧院去看悲剧，他非常害怕演至赫克托耳和安德罗玛克受害时的场景，他不想让民众们听到他发出悲伤的叹息。你能想想这么一个多愁善感的帝王天天下令杀人吗？再深思下去，你会发现，很多现象都只是情绪，它们与真正的情怀完全不是一回事，我们却误以为他具有高尚的情怀。

有时我们被坏天气搅乱了心绪，对城市的环境忧心忡忡，焦躁不安，又无力改变，但一个小小的喜悦就可冲淡一切，让你释怀。盘踞在我们心头的雾霾也不过如此，你只需看开，没有永久的伤害，只要不放弃发现，就会获得慰藉。

但并不是说，人们应该忘记自己的不幸，盲目的顺从同样也让人无所适从。如此看来，幸福其实是个伪命题。古希腊七贤之一梭伦在公元前就给过克里瑟斯国王一个忠告：不论命运女神对你露出怎样美丽的面孔，人决不能自称是幸福的，只有到生命最后一天才见分晓。世事变化无常，稍有波动就会立刻变化，与之前迥乎不同。

奔走呼喊，是情绪；忧国忧民，是情怀。徘徊犹豫，是情绪；遇事斟酌，是情怀。三两句话不投机大打出手，是情绪；仰天大笑出门去，是情怀。小恩小惠是情绪，悲天悯人是情怀……情绪千头万绪，千变万化，然转瞬即逝；情怀属性单一，清晰可见，静默如谜，持久而永恒——但却不是与生俱来。

2013年4月25日

我必须承认

荒凉山村诡秘的隐喻
被撕裂的幼女
有人摇晃腐木身体里的嫩叶
攥在手心的河流和泪水
让人悲悯

我必须承认
那些错误

人们沿着蚂蚁庄严的航道
在纷乱中寻找自己的舵手
多少尊严

就这样荒废

就这样习惯
对手的暴戾

流水不腐
江河日下
鱼群柔软的呐喊
尖锐而苍凉
它们吐出最后一串气泡
在耗尽生命之前
幽怨地浮出水面
朝人类翻起最后一个白眼
这无尽的仇恨
因何而来

我必须承认
自己的弱小

人民举起苍白的灵魂暴行于市井
他们腾出锋利的牙齿和拳头

将无情的暴雨投掷到每一片土地

是的 我必须承认

野蛮不分肤色种族高低贵贱

我见证过一朵野花的绽放

那自由的璀璨怵目惊心

我必须漠视

强大的机器

文明的敌人

坚硬的岩石中包含多少玉石俱焚

2012年9月18日晚

勇敢的艺术家

大多数艺术家比大多数诗人和作家都要勇敢。

当文学还沉浸在“文以载道”之时，艺术早就悄悄地开始关心身体了。经史子集的同代，古典绘画中裸体男女的素材已司空见惯。当作家和诗人们还在回避“性”，只限于有爱无性的写作之时，艺术家却早就开始尝试畸恋、虐恋等有性无爱（或谓之不同寻常之爱）的创作。

在行为、观念、波普等现代、后现代艺术形式出现之前，绘画一直担任着思想启蒙和观念解放的重要角色。整个文艺复兴，艺术家的功劳远远大于文学家；艺术作品的整体影响，也远远大于文学作品的影响。

当代艺术家们在现实面前的反抗，往往也比作家和诗人们勇敢。他们屡踩红线、屡碰雷区，且不断研制新的魔方，以超乎寻常的艺术想象力，不曾停止思维的难度、宽度和热度，不曾削弱艺术的顿悟、灵验、苦修和韧性。

客观原因大抵是，艺术的反抗比文学的反抗践行起来要容易实现一些，因其自身的迅捷和隐秘，使得监视者无法在其生产创作过程中就将其遏止或绞杀。图画、行为、观念、雕塑或装置，它们都不像文字那般，必须最大程度地予以公众化，才可以实现或兑现某种价值。

相对来说，艺术家的创作更私人化。人们往往在私人化的空间里更加勇敢。所谓丑态毕露，大多是发生在相对私密的空间里，那时他们卸下了部分或所有的伪装。

把真实的想法付诸行动，就是最勇敢的。

当然，勇敢不一定代表正确。

我为什么读书，我为什么写作[1]

我今天一早就起来了，洗了个澡，到如此庄重的地方来演讲，我必须得不染纤尘的干净地来，轻轻地挥一挥手，轻松地去。我也是有备而来。有备无患，是吧。（掏讲稿）

三年前我在湖南讲学时，就是因为没准备讲稿，信口开河，满嘴跑火车讲出了很多问题，给主办方带来不小的麻烦。这次为了防止被遣送出安徽大学，我准备了好几个晚上。

我们身处的地点是磬苑校区文典阁。磬苑，文典，这两个名字我都很喜欢。磬，大家知道是什么意思吗？对，古代的一种打击乐器。唐代诗人常建有诗云：万籁此都寂，但余钟磬音。磬石，就是今天人们常说的“灵璧石”。灵璧故属徐州，在淮泗间，有磬石山（又名磬

① 本文为作者在安徽大学“阅读经典”主题演讲稿。——作者注

云山，今灵璧县城北35公里的渔沟镇东2公里处）北临泗水，故曰泗滨，古代山周多沼泽，洪水环绕，磬石山如浮水面，故有“泗滨浮磬”之称。《尚书·舜典》中“泗滨浮磬”，说的就是现在的灵璧石。“既和且平，依我磬声”，能发出磬音的安大新校区，里面的老师和学生自然不同凡响。

文典，有文献典籍之意，也是你们的老校长刘文典的名字。但我更愿意把这个词语解释为“文艺经典”，这又让我惴惴不安——只有创作出经典作品的作家、诗人、艺术家或学者，才可以到这里来，才配到这里来。如此看来，我还差得很远，我感到很羞愧。

但既然来了，也不能以不安为借口一言不发，那就更对不起各位朋友。我就既来之则安之，与大家随便聊聊吧。

首先，感谢在座的各位朋友，感谢你们能在百忙中抽出时间，来听一个不善言谈、不懂煽情、不会表演，也不成功的人枯燥地演讲。并且，你们还要做好心理准备，可能你们今天陪伴我两三个小时，最终一无所获，现在后悔还来得及，所以，假若你们觉得这个家伙很无聊，欢迎中途退场，欢迎扔鞋，但请不要扔砖头和菜刀。

我不是客套，我觉得你们真的挺忙的，那么多课程要修、那么多外语单词要背、那么多不感兴趣的无用的东西要学……那么多不想处的关系要处、那么多恋爱要谈、那么多简历要投……是吧？比我可忙多啦！我也算是过来人，回想起我读大学的这个时候，大一大二的春天，我荷尔蒙分泌过剩，四处给女同学写信；大三的春天，春眠不觉晓，梦里花落知多少，工作哪里找？大四的春天，我本来没有大四，我读的是大专，啊，因为沉迷写作休学一年，我留级了……

感谢安徽大学能给我这么好的机会，让我与大家一起交流。今天是个特殊的日子——世界读书日，所以能在这个庄严的节日与大家谈读书和写作，我感到莫大的荣幸。

下面开始我今天要讲的两个主题：我为什么读书？我为什么写作？

这本是两个话题，应该分开来讲，但由于今天安大给我的时间有限，我只能将它们交叉起来谈。若是分开细谈，可能要谈 24 个小时，我们这可不是救灾。

读书，在很多地方是上学的代称。我们今天所讨论的课题与此无关。上学概念的读书主要指的是教科书，那些都是为了升学考试读的，读了也就读了，学业完成了也就忘了。是这样的吧？我今天所要谈的读书，主要是指读闲书。

实话告诉你们，四大名著，我一本都没读过。我出生并生长于革命老区大别山，家里穷，父母没文化，所以家里也没有什么藏书。但我自七岁起，就对爷爷的收音机产生了浓厚的兴趣，每日午后放学归来，我就跟爷爷一起听评书。《三国演义》《西游记》《水浒传》等我都是听的。除此之外，我还听过一些武侠小说，比如《书剑恩仇录》《多情剑客无情剑》(《小李飞刀》)《白眉大侠》《隋唐演义》等。听评书是我文学的起源。它使我被故事本身所具有的魅力深深吸引。同时，它锻炼了我的记忆力。我上学小时，家离学校有三公里多，每天来回四趟，要跑十二公里山路（石子马路）。上学的途中，我就把前一天晚上从收音机里听来的故事，复述给小伙伴们听。那时我们那地方比较野蛮，家族纷争严重，经常打架，我家又是独姓，我自小便被上面大姓人家的小孩欺负。讲故事给他们听，为我赢得一批铁杆粉丝，再打架，他们就站在了我的一边。

从一开始，读书给了我安全感。尽管那是以耳朵读。读书让我收获了朋友，赢得了信任。在和平不能解决问题的时候，它还为我赢得了“帮凶”，为武力解决问题创造了可能。在我还不知道尊严为何物的时候，它为我赢得了一点点尊严。所以，自幼时起，我就喜欢上了读书，准确地说是听书。

高中以前，我几乎没有读过任何名著，或者说经典作品。我那时误以为语文课本就是经典，所以我把每篇课文都背得滚瓜烂熟，但语文成绩始终没有数学成绩理想。我以前一直是理科生，在上初中以后相当长的一段时间里，由于我丧失了听收音机评书的机会，我把兴奋点全部调整为解数理化题目上。那时我最大的乐趣，是把无比复杂的奥林匹克数学竞赛题以尽可能多的方法解出来。

或许是因为我在偶然的翻箱倒柜中，找出了家里阁楼上父亲的朋友送给他的一本书——《杜工部集》，也就是杜甫的诗，没事的时候我就翻翻，有的在课本中见过的，倍感亲切，有的则几乎无法理解。但就是这样，我对诗歌产生了兴趣。不知不觉间，我开始在受到委屈或受到震动时，写起诗歌来。那种有点押韵，又完全不符合韵法的现代诗。

在十二岁开始尝试写作的那段时间，我发现自己面临着巨大的困难。比如，我想要描述一个故事，或表达某种情绪、情感，根本无法用比较好的语言写出来。有时明明在心里勾勒出了完美的蓝图，兴奋地都要跳起来——啊，一篇杰作就要诞生了！肯定能发表！可每次写出来之后就自惭形秽，异常沮丧。那时我最大的愿望，就是自己写出的东西能够在刊物上发表，因为能挣到稿费嘛。但高一之前，我一篇也没有发表过。

挫折未能阻止我的疯狂，因为我发现了一个的道理，读书有益于写作，更有益于提高语文成绩。我自从读了《一千零一夜》（跟同学借来的，我自己没钱买）和一些古典小说（传奇故事）之后，以前怎么也弄不清楚的主谓宾定状补等语法知识问题，不知不觉间全部懂了。

随后进入高中，我的语文老师从校图书馆借了大批经典作品给我读。我那时开始在《中学生必读》等学生刊物上发表作品，老师觉得我文学天赋很高，尽管我那时是理科班的第一名。每周，他都会抱十几本书给我，叫我必须在这周读完，周末还给他。

我利用所有课余的时间，下课的间隙、放学后、周末回家的路上，我无时无刻不在读书。我专门买了个手电筒，在下晚自习后，晚上十点多以后，我用被子将光紧紧捂住，以防止其外泄，骚扰他人。我闷在被窝里，呼吸急促，如饥似渴地读书。

读书使我忘记了自己的贫穷和卑微，让我在极度压抑中获得快慰；读书让我在日复一日单调乏味没有尽头的年月里，忘记贫乏的表象，关注内心的丰富；读书让我充满浪漫的幻想，让我在没有希望的原野上看见不可琢磨的希望的星光。

随后，是你们最为关心的，我的大学时光在干什么？我要告诉你，除了偶尔打球、斗地主、打八十分、钓龙虾、听摇滚乐、谈恋爱，其他大部分时间，白天我都在读书，夜晚我都在写作。

2003 年至 2005 年，当时正是青春文学火爆的时候，我读了很多同龄人的作品，韩寒、郭敬明、张悦然、孙睿、李傻傻、春树，等等（现在这里面的许多人都成了我的好朋友），我发现自己与他们的差距还很大。至少在小说写作上，我们的差距很明显。通过读他们的文字，我发现，啊，原来他们都读过那么多书！除了疯狂写诗（我那时误以为自己是个天才诗人，也错误地以为靠写诗也可以挣稿费生活），就是阅读大量的经典作品，国内的沈从文、张爱玲、丁玲、莫言、余华、残雪、贾平凹、韩少功、顾城、海子、北岛、舒婷，国外的萨特、卡夫卡、艾略特、里尔克、荷尔德林、华兹华斯、纪伯伦、加缪、川端康成、大江健三郎、村上春树，等等。我还读了大量的哲学书籍和文学杂志，比如海德格尔、叔本华、尼采、康德、黑格尔等。有的没有读完，有的不一定完全读懂，但我发疯般地阅读，我要弥补与同龄人之间的差距。特别是卡夫卡、艾略特、加缪、大江健三郎、莫言、余华、残雪等对我诗歌和小说的写作影响很大。读了他们，我才知道什么是好小说、我应该写什么样的小说。而哲学家中，对我影响比较大的是海德格尔。

那几年，是我阅读的黄金时间。除了大学图书馆给我提供了相对丰盛的宝库（你们在安大，条件比我好，安大图书馆藏书很多），还促使我养成了阅读的习惯，锻炼我快速分辨好书与坏书的能力。

大学阶段的广泛读书让我明白一个道理，名气大的作家不一定就是好作品。

读书，使我比我的大多数同学都更能活得明白。我那时就几乎一眼看见了我们的未来。我们的一生都将重复一天，我们只剩下一天，还是重复的昨天。

我要推翻这注定的悲剧！我要过我想要的自由生活！尽管，我还不确信，也不能保证自己未来的每一天都是新鲜的，但我绝对不过我能看得见的生活！我需要赌一把。这就是我那段时间为什么读书的原因。

而读书使我获得了常人无法理解的满足感，它使我沉浸在浩瀚的思想和惊心动魄的故事中，让我更容易看清这个社会、国家和世界，让我更关心人世间的过去和未来、幸与不幸、光明与爱。同时，读书奠定了我未来不可动摇的写作方向——我要竭尽全力写出伟大的作品，尽管我必将为此付出代价，还可能徒劳无获。

昨天，我看见安徽大学官方微博上公布的活动预告叫“阅读经典”。阅读，当然要阅读经典。文学作品只有两种，要么经典，要么垃圾。所有平庸的纯文学作品和消费文学作品都属于垃圾，我们没必要浪费时间去读它们。现在资讯这么发达，娱乐形式如此多样化，拿本流行文学和心灵鸡汤来消遣，倒不如去上上网、约约会、唱唱歌、散散步。是不是？

卡尔维诺在其文学评论集《为什么读经典》中详尽阐述了“经典”的定义。在这里列出来与大家分享：

一、经典是那些你经常听人家说“我正在重读……”而不（一定）是“我正在读……”的书。

二、经典作品是这样一些书，它们对读过并且喜爱它们的人构成一种宝贵的经验；但是对那些保留这个机会，等到享受它们的最佳状态来临时才阅读它们的人，它们也仍然是一种丰富的经验。

三、它们是一些能产生特殊影响的书，它们要么本身以难忘的方式给我们的想象力打下印记，要么乔装成个人或集体的无意识隐藏在深层记忆中。

四、每次重读都像初读那样带来发现的书。

五、每次初读也像是在重温的书。

六、一本永不会耗尽它要向读者说的一切东西的书。

七、它们带着先前解释的气息走向我们，背后拖着它们经过文化或多种文化（或只是多种语言和风俗）时留下的足迹。

八、它不断在它周围制造批评话语的尘云，却也总是把那些微粒抖掉。

九、我们越是道听途说，以为我们懂了，当我们实际读它们，我们就越觉得它们独特、意想不到和新颖。

十、它用于形容任何一本表现整个宇宙的书，一本与古代护身符不相上下的书。

十一、它使你不能对它保持不闻不问，它帮助你在与它的关系中甚至在反对它的过程中确立你自己。

十二、一部经典作品是一部遭遇其他经典作品的作品；但是那些先读过其他经典作品的人，一下子就认出它在众多经典作品系谱中的位置。

十三、它把现在的噪音调成一种背景轻音，而这种背景轻音对经典作品的存在是不可或缺的。

十四、哪怕与它格格不入的现在占统治地位，它也坚持至少成为一种背景噪音。

我希望大家能多读一些经典作品。特别是中文系和新闻系的学生，我希望你们能在没有生存压力相对清闲的大学时光里，能享受读书带来的快乐，接受精神之光的烛照。最好，还能写出几篇像样的文章，或几首看得过去的诗。

或许，在这个浮躁的实用主义和功利主义至上的时代，我们还在谈读书，太过于奢侈，那就让我们奢侈一下吧！我们的生活如此贫穷而无望，我们无法穿戴奢侈的服饰、乘坐奢侈的交通工具、住上奢侈的豪华别墅，与既得利益者们相比，我们在物质上接近一无所有，但我们仍然不自卑，这些都是转瞬即灭的东西，只能带来暂时的愉悦，满足一下小小的虚荣。我们完全可以比他们活得幸福、高贵，因为高贵与物质的高度无关。我们在与历史上最高贵的人对话，我们拥有庸俗者无法理解的震颤——我们读书。

关于我为什么写作，其实这个问题我在上面基本上已经谈过了。我不相信，一个作家一开始的写作就不带有任何功利主义色彩。毫无疑问，我是因为贫穷才开始写作。但在很长一段时间，大概十年吧，写作让我变得更加贫穷。

我在前面也说过，我不害怕贫穷，但我对一眼就看清的生活充满恐惧。到底怎样的生活才不是一眼看清的生活呢？我认为，只有两种方式——旅行和读书。有人说过，灵魂和身体必须要有一个在路上。选择不停地旅行当然不错，但需要成本，且成本很高。而选择读书，相对而言成本就低多了。而写作兼具了读书和旅行的双种功效。写作之时，手在稿纸或电脑上旅行，灵魂在文字间旅行，我就选择了这么个低成本的方式。如果你既读书又写作还旅行，这样的生活所带来的美妙，相信上帝也很难体会和拥有啊！

当然，当阅读和写作几乎成为我的全部时，我的写作动机也就不再是追求功利和获得愉悦那么单纯了。当写作占据了生活，写作就不仅仅是一种生活，它变成了一种修行、一种信念、一种信仰。它不停地过滤我、净化我、完善我，对我提出常人所无法理解的极高的要求，给我分派现实中无法想象、无法完成的任务，让我的肉身日渐渺小，让我的欲望不断降低，让我对世俗生活日渐冷漠，让我嘲笑日常和烦琐，包括我自己。写作让我变得简单而复杂、肤浅而深刻、渺小而又庞大。

奥威尔在《我为什么写作》一书中说：

> 所有的作家都是虚荣、自私、慵懒的，在他们的动机深处，埋藏着的是一个谜。写一本书，就像生一场大病一样。你如果不是由于那个无法抗拒或者无法明白的恶魔的驱使，你是绝对不会从事这样的事的。你只知道这个恶魔，就是那个令婴儿哭闹要人注意的本能。

敢于面对自己的这个本能，并乐于受这种本能的驱使，去干最自私也是最无私的事情，是我写作的全部动力。它迫使我时刻关心这个世界，包括权力、公平、正义、自由、尊严、光明和爱；它驱使我试图无限接近不可能实现的真理；它又让我对我所看见的世界保持距离，产生警惕；但它从来不知让我如何武装、戒备自己。从这个意义上来说，每一位严肃写作者的世界，永远都是脆弱的、敞开的——只是你不一定敢接近他。他是易碎品，你也不一定愿意进去。

我的写作与读书的关系，正如我们动植物与土地的关系。加缪在《反抗者》的扉页引用了荷尔德林的诗句：

> 我公开地把心灵献给严酷痛苦的大地，往往在神圣的夜晚许诺，要忠贞地爱它，至死不渝，承受其命中注定的沉重负担，一无所惧，绝不蔑视它的任何一个谜。这样一种至死的纽带把我和它联结在一起。

而我和今天在座的各位朋友的关系，还远远没有开始。

感谢今天到场的每一位朋友！谢谢你们！

2013年4月20~23日

问题青年与青年的问题

我们把处于青春期的叛逆少年称为“问题少年”，这一度是一个热门话题，也是很多新闻舆论关注的焦点。它折射出的是家长和整个国家所推行的教育体制本身存在的诸多缺陷。但我们很少关心少年的问题。我们总是热衷于对结果的纷纷议论，而忽视导致那些结果的原因。

所以，我们发现的问题总是很少，甚至还对那些发现了问题的人嗤之以鼻，甚至极力掩盖，认为他们在危言耸听；并且，从不致力于从根本上解决问题。

那些“问题少年”们很快长大，成为“问题青年”。当年的“问题少年”们没有解决的问题逐步累积，再加上一些新的问题，就成了青年的问题。

我们对“问题青年”的关注显然太少，几乎为零，至于青年的问题就更是漠不关心，认为那都是他们自己的问题。

有心理学家和社会学家做过分析，认为一个人的童年生活将影响他的一生。这个现象还没有引起足够的重视。

实际上，“问题青年”比“问题少年”的危害性更大。“问题少年”相对单纯，在问题得不到解决时大多选择自残（或自杀），或伤害家人（比如杀害父母、兄弟、姐妹）。“问题青年”显然要复杂得多，一旦问题得不到解决，他们就会对社会产生积怨，除了“问题少年”们所选择的解决问题的方式，他们可能还会迁怒于他人，甚至伤及无辜者。

一桩桩血案发生之后，整个社会往往会发出一片谴责之声，而很少有人关心，是什么原因使青年们变成现在这样。他们贪婪、自私、冷漠、无情；没有良知，没有责任心，没有担当，没有社会责任感……他们犯下了不可饶恕的罪行，杀了他们!

我们从不把青年的问题当成问题，只认为他们都是成年人，应该为自己的言行负责。他们不应该犯下那些荒唐的过错，他们罪有应得。

比对一下近些年发生的刑事伤害案件，我们不难发现，很多“问题青年”和“问题少年”一样，他们的问题还是少年的问题，他们还是在以少年的思维方式在处理问题，他们处处碰壁，他们依然想以少年的思维方式来解决问题，他们的心智长久以来停止了发育，所以他们和“问题少年”犯同样的错。

法律、伦理和道德不可能原谅他们，也不可能再给他们重新选择的机会，他们死路一条。

他们死了，问题依然没有得到解决。一个“问题青年”因犯下不可饶恕的罪行被判处死刑后，依然会有千千万万个“问题青年”犯下不可饶恕的罪行——因为青年的问题从未得到解决，并且新的问题每日都会产生。

如何让“问题青年”们获得救赎，这比如何让“问题少年”们改邪归正要迫切得多！

关于黄桥

2007 年，黄桥民工子弟学校秋季开学不久，我写过一首关于她的诗。这不是一首好诗：

黄桥民工子弟小学

北边不时有拉着煤炭或石油的
火车呼啸而过
我的房屋和床闻声起舞
而石料厂门外的那条水泥路
总是肮脏不堪 灰尘被车轮碾压的
张牙舞爪 无比亢奋
我的学生们汗津津地走出

集厨房、卧室、卫生间为一体的活动房
站在出租房门前的父母留下一句简单的叮咛
就转身奔向工地
他们总想赶在时间的前面
用透支的体力换来油、盐、酱、醋
和几两不停涨价的肥肉
以及几张春节回家的火车票

孩子们穿过浓烟滚滚的巷道
和车水马龙的化工研究院、探矿厂
带着些许兴奋顺利抵达黄桥下的小学
那时我总会站在门口
看他们的灰头土脸
冲他们微笑
他们低着头小声地问候：许校长好
有时还会象征性地跟我搭上一两句话
然后彼此搂着肩膀
津津有味地吃着一角钱一根的辣条
继续那些让他们热血沸腾的话题

我目送他们走进教室

点一支烟　挎起背包

疾步赶往 7 路或 4 路车站牌

我必须在早晨八点钟之前到达报社

打开电脑编辑那些乏味的稿件

我的生活大概就是这样被自己安排

一个星期以来基本没有什么变化

2011 年秋，黄桥民工子弟学校停课时，我写下一首关于她的诗。这也不是一首好诗：

黄桥民工子弟小学的最后一天

本打算给你们上完最后一天课

无奈因事未能如愿

挺遗憾的

我在出租车上接到朱传健的电话

孩子们都在哭　他开口就说

老师们也在哭

全校沉浸在悲戚之中……

我听不下去了　哽咽着说

我不在 最后一天课 你们得给孩子们上好
孩子们都在哭 上不下去啊 他还在说
我挂了电话
对不起 我能做的 暂时只能是这样
车里真闷 我打开车窗
背对着司机 忍不住哭了
我不能陪伴你们最后一天 孩子们
请原谅我
祝愿你们在新的环境中 一切都好
感谢家长 你们无数次对我说
许校长 你到哪里 我们就到哪里
就算学校被拆了 我们也可以找新的地方
如果找不到 我们就在大桥下搭建个棚子
对不起 我没能找到合适的地方
建起我们的新“家”
看到你们脸上失望而茫然的表情
我心如刀绞 对不起
我没法再创造一次我们在一起的机会
而只能让大家各奔东西
我的老师们 亲爱的伙伴
感谢你们一直以来的付出

孩子们此生定会永远铭记

昨天我一个人又回到黄桥
在被砸烂的的空无一人的教室里
我在黑板上写下：
再见了，黄桥……

（备注：黄桥民工子弟学校，简称“黄桥小学”，原校址在合肥市阜阳北路探矿厂公交站牌附近的大桥下的一栋两层居民楼里。抱着挑战和考验“一个独立个体到底能够为社会解决多少问题”的行动艺术（行为艺术）实践计划，我与朱传健（妹夫）于2007年创办，先后收留来自全国各地的农民工子女、城市流动儿童等五百余名，大部分学生均享受到减免学杂费，全部学生均接收到社会各界物质援助。该学校于2011年11月被拆迁。拆迁当日，我正在湖南长沙录制汪涵、马可主持的“越策越开心”……）

第二辑

chapter 2

真相与真理

当代艺术之“美”

贝克特在《世界与裤子》中写道:“我不止一次目睹了这些画作在诚意的观众那里产生的令人奇怪的效果。这些画作让观众丧失了说话的机能……这完全不是一种大惊失色的沉默，不是最终仍然以色彩结束的雄辩的反驳的评价。就像看一部默片，保持沉默，同时自问为什么。”

为期五十余天的“声东汲西·2014首届中国自由艺术展”已于7月15日闭幕。劳碌间隙，我翻看了留言簿里的文字，有夸张的赞赏，有深仇大恨般的否定，有小清新式的娇柔抒情，但更多如贝克特笔下沉默的观众——这并不是贬低，而是一种近乎觉悟的进步的激赏。

以前，我们看安徽的大部分艺术展览，总会听见观众在感叹:“咦，画得真像啊!”，而这次几乎没有。

安徽有很多优秀的当代艺术家，但没有当代艺术——没有一座当代艺术美术馆（博物馆），没有一家当代艺术画廊，没有举办过一场当代艺术拍卖会，甚至没有一次严谨的具备学术性和规模的当代艺术展。

苍白无力的山水，枯柴般衰败的书法，媚俗的牡丹，千篇一律的梅兰竹菊，木讷的公鸡、老牛和骏马，呆板的建筑，看上去很美的田园风景……这个地域的大部分写实国画和油画，尚停留在毫无思想与情感的临摹和复制阶段。

具备购买力的艺术藏家们也多无基本的文化休养准备，他们以为所谓的美协、书协的艺术家作品值钱，所有各种名头，诸如院长、会长们的作品都价值连城——是能不断升值的“名家作品”。

资格、官衔（甚至山寨头衔）成为这个地方大部分人判断艺术价值的标尺。更可怕的是，很多文化人和媒体人也是如此，并且置身其中，成为违背艺术伦理的围观者和助纣者。

因对世界艺术史进程及现当代艺术格局缺乏基本的了解、理解和判断，本地主流媒体几乎没能肩负起传播艺术思想的基本作用，甚至恐惧、忽略、漠视正在发生的真正直面人心的创作和展览。

依靠世俗功利和谋略带来短暂名利的艺术品，必然随着其创作者现实地位的丧失而失去其全部价值，它们甚至连昙花一现的机会都没有，就陨殁于艺术史的沉渣中——它们本就没有价值，怎么可能升值？

“他瘦骨嶙峋，面色发乌，头上长了青苔。”张炜在小说《请挽救艺术家》中，如此描写了自己的一个梦境——梦中那个需要挽救的艺术家竟被虚构得如此真实。

你们展览的作品不美，我需要美的艺术。

那么，什么是美?

美，最开始代表的是客观世界中的某个事物，随后它代表的更多是人们对“客体的某些情感反应。”

理查兹阐述的“美”，几乎接近了当代艺术的“美”：

> 任何带来快感的事物；任何激发情感的事物；任何深化一种特定情感的事物；任何包含移情过程的事物；任何增强活力的事物；任何使我们接触到非凡个性的事物；任何引起通感的事物……都是美的。

真正高尚的艺术，应该如波德莱尔那般“不论沉溺于何种贼孽之中都保持着道德的清醒”。

甚至如狄金森的诗句：

> 一种隐退的愉悦
> 带来谋杀般的快乐，
> 强大，尖锐。

如果说自由艺术展的举办还有些意义，那意义应该且仅仅在于，展示并唤起更多人——某些人性的、局部的、真实的情感（或非情感）记忆、呈现与表达。而此次文献展则是为了重温和加强这种记忆，以期成为这个城市未来精神品格的一部分。

正如《玄学派诗人》中金主教忧伤而自信的吟唱：

别介意我姗姗来迟

……

我的脉搏，像低沉的鼓

敲响我的来临，告诉你我来了

灰烬：艺术家的本色

如果说，英雄的本色，是无所畏惧和视死如归的气概，是为了自由和权利而不惜以牺牲生命为代价的一种殊死搏斗。那么，其追求的终极效果，已经与艺术家相当接近。比如，在乌江自刎的项羽，特别是怆然拔剑起舞歌罢自刎的虞姬，更是两千多年来一直震撼着人们心灵的美人，其重情重义的形象成为一把纯洁灵魂的标尺，其忠贞程度已胜过整个喜马拉雅山的高度，让世俗和势利无法逾越。

实质上，英雄的结局一般都是迅速死亡，而艺术家相对于英雄来说，更多的时候则偏向于苟活，其追求死亡的速度较慢。但艺术家体验死亡的持久感，并将其挣扎的过程以视觉或文字的形式表达出来，以最终达到并且超越英雄的境界。

艺术家的本色就是英雄的本色，是敢于正视自我内心，并展开激烈追求和搏斗的无所畏惧的精神。只不过一般意义上的英雄，需要的是与看得见的真实个体或群体（敌人）搏斗，而艺术家则更多的时候是与虚拟的个人或群体（以及自己）搏斗。前者是身体的解放，后者是精神的解放，其最终都将达到自我灵魂的升华。

艺术家和英雄的本色都是灰烬的颜色，是最终回归自然的泥土的颜色。艺术家渴望死亡的程度时常处于白热化状态，当这种状态达到足以战胜怯弱和懦弱的时候，就会以超越肉体的形式付诸于行动。

写作的敌人

很感动还有这么多人不辞辛劳大老远赶到这里，来听一个傻子毫无意义的废话！就在两周前，我和艺术家黄震一起暗访过这个地方，我们想买走这里的很多书，卡尔维诺、博尔赫斯等，但这里的老板不流“童鞋”太吝啬了，他不卖，我们只得含恨离去……开个玩笑，我很喜欢保罗，狭小、典雅、温馨、浪漫，甚至还有一点小暧昧。

我生性不喜欢大，唯独对小的东西情有独钟，房间、书店等都是如此。这可能与我小时候的生活有关，那时我家很贫穷，一家人就窝在一间土坯房子里，集卧室、厨房（灶台）、卫生间（马桶）与一体，四个碗、一口铁锅、一张床、一张小木桌，就是我家的全部家当。

后来我读小学了，不好再跟爸妈挤在同一张床上，我就独自住到阁楼上去了。说是阁楼，其实就是在奶奶家的山墙上搭上木板，我每天都爬梯子上下，每天都有一些老鼠陪我睡，间或也有蛇从墙洞里爬过来。后来爷爷抱回来一只黑猫，它白天睡在我床上，晚上就蹲守在床边，抓捕蛇和老鼠。很多夜晚，我都能在睡梦中听见他咯吱咯吱嚼食小动物的声响。第二天一早醒来，就会发现床单或被褥上有一大摊血迹。我的黑猫就趴在旁边打着呼噜。

某些夜晚，我会在雨滴清脆的滴答声中入眠，细小的雨或硕大的雨，霹雳啪嗒打在瓦砾上，无数的雨点在乡村的夜晚悄无声息地合奏。有时瓦缝间突然闪现出一道强光，紧接着轰隆一声巨响，雷声划过屋顶，门外一阵犬吠，我的床板一阵颤抖。在冬天，有时屋顶会传来蚕吃桑叶般的沙沙声，从天而降的巨网一层层叠加，将万籁俱寂缓缓加强，当瓦缝间不再有呼呼的寒风吹进来，我就知道，雪已经将屋顶的缝隙彻底弥补。雪下得很大。

以上只是我童年生活中极其常见的一个个小片段，我有很多宝贵的独特的体验，今天由于时间关系，无法在此与大家分享。而那些体验在当时毫无诗意，甚至一度让我对自己的家庭心生抱怨，我也一度因家庭条件不好而自卑。我那时并没有开始进行写作，甚至连文学是什么都弄不清，所以在当时那些体验对我来说根本不是什么财富，而是负担。

现在每当我回忆起那些时光都会充满无限的向往和眷恋，还有什么比那些经历更美好呢？所以，我要感谢父母，让我在物质极度贫乏和孤单中野蛮生长。那些无人陪伴的孤独的日子，我以无休止的想象和幻觉打发时光。它们使我有机会与自然和自然界的一些小生命为伍，亲密无间。从某种意义上来说，那些独特的体验让我尽早地面对自我，感悟生命的奇妙、残酷、关怀与爱。有句话说，生于忧患，死于安乐。童年的生活是重要的，过于溺爱和过于安逸的童年会让那些重要的日子变得苍白，不利于心智的成熟。对于一个创作者来说，如果童年的生活经验不够丰富是很可悲的。单调的童年是写作的敌人。

就写作而言，我认为经验大于理论，而思考又大于经验。

没有一种理论和方法能够指导你去写作。对于写作来说，理论实际上是无效的，但这并不等于说我们就不需要去研读理论。研读理论的目的，是让自己的思考变得更有条理，让松散的思想火花得以汇集、串联，以期燃烧出熊熊大火。由于写作者和理论研究者的分工不同，不是要求一个写作者要阅读研究所有的理论，就像我们从不苛求理论家和批评家也要写出不同体裁的作品。通过阅读掌握了一定的技巧，并把这种（些）技巧用于创作，这样以技术规范作品的做法是荒唐的。写作的过程更多的是偏重于经验的复述和个人体验的再现，或者在潜意识中经历某种“来生”（即“尚未抵达”或“不可抵达”），而并不是某一种或几种技巧的运用和经营。从这一点来说，技巧是写作的敌人。

强调“技巧”和“修饰”的写作，是写作的最低级阶段。比如，我们在中小学阶段，那时还没有入（写作的）门，老师们就不厌其烦地教我们如何提炼中心思想、段落大意，区分比喻、拟人、夸张、排比等不同的修辞手法。后来，我们在写作实践中发现，那些工作毫无意义，甚至会阻碍你对一部作品的理解，对你独特的心灵旅程构成伤害。每一次阅读就相当于一次旅行，作为一个旅行者，这过程本身就充满诱惑和不可预见、不可定义性，你非要搞几个定义，不是很无聊吗！而优秀的写作者，在写作的过程中根本不会去考虑什么手法，他所凭借的仅仅是直觉和经验。

可能有人会问我，作家的经验是不是要求作家要不停地进行新鲜的尝试，比如性爱，是不是就要跟不同的姑娘做爱，才能写出真实的感受？这里，就我个人而言，我认为你经历了一个人就经历了所有人。你可以在几方都默契的时候有情人，但不必为了某种目的（或体验）肆意去寻找情人，只为寻求身体的快感，得到或失去的情感落差变化，这完全没有必要。

虚伪的卫道士和当权者假以伦理道德，来捆绑和约束人民。比如，封建社会的统治者们一边宣扬伦理纲常、立贞洁牌坊，一边干苟且之事。一般情况下，特权阶层所极力倡导的，他们自己通常都是不履行的；极力反对的，正是他们私下里偷偷享用的。

当然，也不是说就完全没有考虑技巧的必要，有个词语叫轻车熟路，你把文字驾驭熟练了，技巧那是很自然而然的事情。但刻意强调技巧，显然是写作的误区。这个初级阶段虽然让人不齿，但还是有不少作家停留在这个阶段上，因为很多读者都没有较高的鉴赏力，他们只能看得懂初级阶段的粗糙产品。你叫他看优秀的作品，他丝毫没有愉悦感，因为心灵的鸿沟太大，他们无法与优秀的作家和诗人达成共识，而只能暂时委身于垃圾制造者。就像你请一个原始部落的人去喝茶、红酒或咖啡，他准会喝不下去。他只喝得惯白水，顶多喜欢加点劣质的白糖。

武侠、言情、穿越、职场、官场、玄幻等类型小说，都属于我刚刚阐述的“文学初级阶段”。你多背点古诗词，看几部古代章回体小说，研究研究易经八卦、武术套路，就可以写武侠小说了；看几部韩剧，读读琼瑶，就能写言情，把现在的故事放在古代的时空背景中，或反过来，就是穿越；研究研究心理学和官场厚黑学，多关注身边每天的新闻，串串改改，就是职场杜拉拉升职记、官场某某升官记。

以上几种处于“文学初级阶段”类型小说，多停留在外表看上去华丽无比、内容实质上空洞无物的层面。有的小说故事或许看上去感人，但煽情过度，眼泪虚假，爱情空乏，容易让一些没有任何阅读免疫力的读者陶醉其中，并且整日迷恋，盲目崇拜。相对于生活和爱情的不如意，这些作品更容易让他们产生麻醉之感。而在麻醉之后还得面对现实，于是他们又企图在职场和官场小说或羊皮卷、狗皮卷中，寻找用于指引自己且适用于自己的生存谋略。如此以来，文学正带着读者们进入一个恶性循环：

挫折（失落或失败）——逃避（消沉或堕落）——寻找慰藉（看武侠、言情、穿越、玄幻）——沉迷其中获得快感——寻找谋略（阅读官场、职场）——面对现实（使用谋略和厚黑学）——人性继续向更恶的方向发展

经过这样一分析，我们会很明显地发现，这样的作品与文学的本质是背道而驰的，他们是“伪文学”。因为，文学的本质是发现爱、传递爱和普及爱。一切真善美的东西，都可以将其理解成为“爱”。即便是整部作品就在描述人性之“恶”，但其目的只要不是宣扬“恶”，即为扬“善”。就像一个人，他外表看起来惹人怜爱，但手段阴险，也干了一些好事，目的是获取更大的利益，他依然是个坏人；而一个人，虽然长相猥琐，并且还干了不少坏事，但他的目的是救人，你还能说他是坏人吗？

“伪文学”的存在和风行，是因为大众有需求。而这部分人，目前在图书阅读和文化消费领域又很多。他们文化素养本就不高，对某些事物缺乏基本的判断力，但又不满足于现状，不愿意做一个精神世界一片空白的人。这里面还掺杂着一部分商人、暴发户和小资等，他们不缺钱，生活挺美满，但偶尔也会有诉求，也想提高自己的修养，也想偶尔文化一下，将自己贴上文艺的标签，以达到一定程度心理上的满足。

“伪文学”并不仅仅存在于我们国家，在欧美等西方国家也同样存在。

毫无疑问，“伪文学”的风行是对文学的巨大伤害！当人人都习惯了地沟油，并且喜欢上了它们的味道，你再跟他们说优质植物油多么多么好，他们就根本听不进去。就像你跟一位老烟民说：同志，别吸烟了，有害健康。他听得进去吗？说烦了他还会骂你！老子喜欢！但假的东西太多，并且成为生活的常态，谎言也就不成为谎言，而变成生活的一部分。短时间看来，它们不会对人们的生活构成多大的影响，但长此以往，整个民族就会变质，该国家也将会变成一个自大、野蛮、蒙昧的国家，甚至会成为文明世界的公敌。

所以，“伪文学”的存在并风行是一部分投机分子对读者的妥协，是写作者的阴谋——是写作的敌人。

就我自己而言，我也是一个“投机分子”，为迎合读者的趣味而写过一些伪文学作品。我时常处于市场和文学的矛盾之中。到底是做一个纯粹的作家和诗人，还是要做一个畅销书作家？有人建议，许多余你就写诗吧，你的诗歌写作天赋那么高，坚持写下去绝对会成为一位优秀的诗人。但成为优秀的诗人又能如何呢？我接触过很多优秀的诗人，从世俗意义上来说，他们的境地都不容乐观。有人讽刺没文化的暴发户们，说他们是物质的巨人、精神的乞丐。而现在恰恰相反，我见过很多精神的巨人，目前都还是物质的乞丐。在精神和物质发展极其不对等的年代，诗人们何去何从？这不是本次要探讨的问题。说实话，我时常为自己所写下的那些肆意迎合市场的作品感到羞愧。我知道，那些东西不是文学只是消费品。但又没有办法，纯文学写作目前收入太微薄，而我作为一个职业写作者，没有别的更好的办法，我也不具备某些作家分身的本领，可以一边干别的一边写作，我只愿意干这一件事情。我只能在文学和市场两者之间寻找平衡，一边纯文学，一边不太纯文学。但我绝对无法容忍自己堕落的哪怕再彻底一点儿，所以我即使是写官场小说，也依然想写得文学一些，而不是教唆读者们运用权谋。

有时我还是庆幸的，一方面作为一个写作者，我是一个幸运者，在相对早的时间内得到了部分读者和市场的认可，使得我能够通过写作养家糊口，并将写作事业持续下去；同时，我没有丧失作为一个写作者基本的底线和道德水准，我知道自己身上的缺点，也明白自己在做什么，以及将来要成为怎样的作家和诗人。一个懂得暴露自己缺陷的作家，起码还算是清醒的，而一个总是企图掩盖自己脆弱面，并把那苍白的作品一再神话的作家，是可悲的。未来的某一天，当他们的身体老化，他们会眼睁睁地看着自己苦心经营多年的城堡轰然倒塌，他给人们留下的不是忠于自我勇于反叛的精神，而是令人唾弃的笑柄——这多么残酷！

北京宋庄的老诗人曾德矿曾经裸体跪在纪念碑前，高举着“我写诗，我有罪”的牌子，向世人宣泄他的愤懑。现实和世俗往往让写作者陷入巨大的困惑和矛盾纠结之中。某些时候，它们可以杀死作家和诗人！现实和世俗是写作的敌人。

面对家人的不理解、社会的嘲弄、生活的不尽人意……写作者敏感的内心几乎没有一天不受到干扰，甚至摧残！父母、爱人和朋友们总是以世俗的眼光和标准，来衡量一个作家和诗人的价值。说到底，就是你赚了多少钱。而赚钱对于写作者来说，显然不是他的强项。其实，他们的要求和标准也不算过分，谁不希望自己的家庭能够富有一些，日子过得充裕一些，想买什么就买什么，想去哪里玩就去哪里玩？谁不想看见自己的朋友腰缠万贯、风风光光？但问题也就出在这里。因为，一个热爱写作的人，其出发点根本就不在钱上，其内心自有评判的标尺，你若完全将其置于现实的境地，以财富的多少来判断他存在的价值，是不负责任的，甚至是对他信仰的背叛和人格的亵渎！爱他，你就必须尊重他。而另一个方面，作家和诗人也是人，也具有正常意义上作为人的基本责任和义务。不管你是谁，你必须尽自己最大的能力来让自己的家人过得更好。可是，这两者说起来简单，在实际面对之时实在太艰难了！

这是一个悖论。写作本身就是悖论。从事物发展的本质来说，写作改变不了什么，更多的时候它无法为作者创造更美好的生活（很多作家若改行干其他的行当，或许会赚更多钱），对于社会和政治也无法产生多大的影响，甚至对一些不公平的让人愤怒的现象都无法表达，可见很多时候写作是多么无力！尤其是写诗，当前的社会条件下，写诗几乎不能给诗人带来任何东西，发表没有稿费，出版没有版税，出名了也带来不了什么效益，只会为名所累。其实，这些现状我们写作者都知道，但为什么还有那么多人乐此不疲地在写呢？

问题逐渐归于本质和核心，写作者需要面对的最大的敌人，就是自己。

写作者首先必须具有强大的精神意志，来摆平所有世俗生活中的现实矛盾。写作者要像一个传教士那样虔诚，在坚定自己信仰的同时，让家人、亲人和朋友理解自己，“我从事的，是对这个民族、国家，甚至整个人类都有益的事情，是光荣而崇高的事业，是伟大的工作。”同时，也必须处理好自己的人格分裂，在应对纷繁复杂的物质活动同时，顺利地从事浩瀚的精神活动。

我希望自己能够在这些方面做到平衡，在立志做一名优秀作家和诗人的同时，做一个好儿子、好丈夫、好爸爸。我知道这很难，因为需要我面对的敌人实在太多，并且还不是把敌人打败或杀死就完事那么简单，我们还需要把某些敌人转变成朋友，让他们也成为我们的支持者和参与者。

从事忠实自我的写作是最自私的，同时也是最无私的。他必然要求写作者具有超强的承受力，能够不顾及一时成败得失，坦然面对一切，让对待生活的态度和对待文学的情感，对受困于矛盾重重、迷雾重重的人有所启蒙，放弃或收敛现实的短暂的贪欲，去寻找或希翼遥远而永恒的爱。

这是当代文学存在最为重要的意义和使命。在拯救和改变这个民族命运上，它将起到至关重要的作用。愿诸君都能够永远站在真理和正义的一边。

（以上文字摘录于演讲稿《写作的敌人》，原作写于 2012 年 1 月 5 日至 2012 年 1 月 8 日合肥）

检讨书[①]

你翻开此书时，我是羞愧的。

我必须率先向您致歉。这些年，我太过于自私，埋首于幻想，教唆、纵容自己的任性，我也因此变得不太真实。我所写下的故事，总是充满变化，漂浮不定，这可能让您读起来不够享受。

我不该着手于发现尚未知晓的存在，更不该点破虚假的幸福。你活着，多美好，必须美好。而我的存在，将使你痛楚。

或许，你以前并不认识我，但此刻开始，我们便相识了。请相信我正站在离你不远处，默默地注视着你。你先是看见这个书名，瞥一眼作者的名字，迟疑了一下，翻开书本，看了几行。接下来，我知道会发生什么。

① 《检讨书》写于 2011 年 12 月 22 日 晚，是为小说集《为幸福的影子而奔走》写的序。——作者注

你可能会丢下，又或许会继续看下去。

在这个人人摇摇晃晃的时代，还有心思静下心来读书的人，是多么不易！我也因此对你充满敬意。我们已经变得越来越不浪漫了，生活也越来越没有诗意，这一切多么可怕。我们无数次痛下决心想摆脱现实的困扰，却总是越陷越深，直至自我变得越来越渺小，似乎那个真实的有血有肉的自我正在消逝，只留下一个慌慌张张的影子穿梭于人群。

我们面临着共同的困境，只得戴上面具，将自己隐藏。每当失落的时候，我总会对自己说，孩子，别怕，有人已经经历过你的一生。你只需循着他们的轨迹，默默踏上心仪已久的征途。别沮丧偶然走过的一小节弯路，那里或许正蕴育着无限的惊喜。

大多数人都会面临——上学，考试，恋爱，工作，买房，结婚……这些生活的局部锋利如刀，砍杀着怀揣理想和梦想的青春。而青春是脆弱的，她经受不住光阴的摧残，时光闪一闪身，青春就可能坠地破碎；时光摇一摇头，我们就有可能痛不欲生。

我们的后半生，其实就只是在玩一种寻找和拼接的游戏，那散落一地的碎片，需要我们付出多大的代价才能找回？而在拼接的过程中还不时出现错位，将现在与过去嫁接，我们已经变得面目全非。

我们总是企图让天真的笑容在衰老的容颜上绽放，让迟钝的双脚迈出轻盈的步伐，以童年的纯粹和速度奔赴熟悉或陌生的远方，拥抱让人眷恋和怀恋的亲人、朋友和恋人，与他们在梦中相会，黑暗中无尽欢愉的幻影让人落泪。

醒来后，你会发现世界如此陌生。你不再愿意相信眼前的一切，他（她）是谁？他们是谁？而他们，又在哪里？

我想，我再也找不到你，就像永远找不到自己。我们忙忙碌碌，终其一生也只不过浮于水的表面，也只不过是在《为幸福的影子而奔走》。

我的写作是从诗歌开始的，在我青春的岁月，我热爱诗歌甚过自己的生命。所以，在我开始转写小说之时，我感觉自己作为一个诗人似乎已经死了。我写下《诗人之死》，聊以纪念那些为诗疯狂的日子。

“要么读书，要么旅游，身体和灵魂，必须要有一个在路上。”我最大的歉意，是不能在此刻出现在你的面前，陪你走一段心灵的旅程。我有足够的诚意，期待某日，以任何一种形式与你相遇。我希望能有机会，做每一位读者的读者。我乐意倾听你的诉说，我知道，《这个世界哭声太多》，我会努力听懂。

多少个时刻毫无意义，被生命忽略，并且消耗着生命。我时常为此感到懊恼和羞愧。此刻，时间在指尖飞去，多年后，你依然会记起这个时刻，你在书店的一角、图书馆里、或网站上，与那个作者有过一次亲切的交谈。我和你曾经在我的文字里相遇，多么温馨而幸福！

爱人，我要向你检讨。为什么我们不能相遇得足够早？我们的目光为何不能在茫茫人海中尽快相遇？我痛恨那些一个人，或与另一个人在一起的日子，《孤独的人是可耻的》，那时我总是羞于表白，懦弱不堪。我曾浪费掉多少时间沉迷爱情的幻想，我甚至罪过地把梦中的她想象成蝴蝶，我刺瞎自己的双眼，只为不亵渎她的美丽，我们拥有一场模糊的《蝴蝶之恋》。我甚至虚构了一个漂亮的女孩，我们青梅竹马，却无法拥有爱情，我们在天真烂漫的岁月里嬉戏，却无法在彼此遭遇阵痛之时相互安慰。对不起，我的青梅，我不该把你的遭遇想象得那么悲观，你不可能那般沦陷！《你在我的心里永远是故乡》啊！没有你的故乡，形同虚设。

我还不止一次地陷进对爱人赤裸裸的意淫中，这让人情何以堪？我幻想着某个姑娘《凸凹》有致的身体，我们在冰天雪地里漫无目的地行走，在野外放逐欲望，一任身体自燃。在我眼中，那些美丽的山川都充满色情的意境，我和她在深林里接吻，用身体做着取暖运动。那时的我《成年美梦》，甚至有虐恋倾向，我扒光她的衣服，羞辱她，蹂躏她，让她疼……

你可以代表月亮鄙视我。我描绘的《广寒宫》多么残酷，爱情不应该是那样，充满不可救药的阴谋，嫦娥不应该成为暴虐放纵的女王，我也不应成为懦弱的后羿。在爱情面前，我们不该如此无力。

我拥有这些肮脏性幻想时还不到十八岁，“她”也还是一个未成年少女，我多么卑鄙啊！她喜欢百合，我们在百合花海里野合，分不清是百合花的味道，还是身体的味道，我也记录了那个关于《百合的秘密》，但一些情节过于不堪，已被我省略。爱人，我之所以向你坦白，是希望你不再追究我的过去，原谅我过往的一切。我的身体曾因年少无知而不小心被自己玷污，变得不够纯洁，我不配拥有你完美而彻底的爱。你的洁白，让我一次次感到不安。而我们无法改写过去，只能设法忘却，选择重新开始。

对不起，妈妈，你是多么爱我，希望我过得幸福，可我一次次让你担心、让你失望……为什么我的存在如此不幸，难道悲剧天然就是为我而生的吗？我不该把你写成一个神秘的巫婆，可我认为，你就是我的预言家，你虽不在我的身边，却时刻注视着我。你让我忘记那血腥的《一九九一年的飞翔》，可我怎能忘记那触目惊心的瞬间？那可怕的瞬间总是折磨着我，让我做噩梦。如果可以，我愿意让你重新再把我生一次，好让我脱胎换骨。

乡亲们，我必须在这里对你们做个检讨，你们多么淳朴、善良，当灾难降临，你们多么恐惧、慌乱，我不该把那个《驱邪记》的故事完整地记录了下来，那是你们的耻辱。我无心伤害你们，却希望你们能告别无知和蒙昧。既然那个荒诞的事件已经发生，我已不可能再审判你们，但你们也不能对以往的过错熟视无睹，你们必须给无辜死去的那对恋人作个交代。然后重新审视自己的生活。愿你们能够珍惜现在的每一天，在壮丽的山河中劳作，与自然融为一体，或许是清贫了一些，但你们其实比大多数城里人过得要幸福。

儿时的伙伴，你们现在过得还好吗？好多兄弟姐妹，我们自小学毕业后就几乎没怎么再见过面了，那些无忧无虑的时光多么让人眷恋，我们当年却不知道珍惜。我得向你们做个检讨，那时的我多么横行霸道，老是想在你们中间称王。我们彼此《蚕食》，玩着勾心斗角的小把戏，现在想想多么可笑。我不该把我们天真的一面统统省略，而仅仅展示我们幼小的阴暗。很多年过去了，我们都已经长大，有的已经为人父母。你们一定也深有体会，在复杂的社会中求生存是多么艰难，生存就是彼此蚕食的过程。我们曾经的对抗与厮杀，都只是在为应对现在而做的演习。

我中学和大学的同学们，我要在此对你们表达我的歉意。那些荷尔蒙分泌旺盛的岁月，我们的青春像烈火一样燃烧，为满足对异性的渴求，我们痴情过，也疯狂过。我不该在《初涉爱河》里，把你的初恋情人写得那么丑陋，把你的行为写得那么无知可笑。我更不应该和大多数同学一起嘲弄你。当初我们选择了不同的道路，步入社会之后，才发现再也看不见那些纯真的笑脸了。我再也没有遇到一个像你一样痴情的姑娘，而我当初多么狂妄，竟然把你写给我的情书在班上朗读……还有，我竟站在你家楼下，大声呼喊你的名字，让你被父母痛批了一顿，让你被邻居们误解……我必须向你们致歉——那些爱过我的人和我爱过的人。

我敬爱的爷爷奶奶，我也必须在此向你们致歉，特别是还健在的爷爷。你虽不是我的亲爷爷，但我自小就跟随着你，我从来没有把你当成外人，甚至比亲爷爷还要亲。我始终不明白，你和大爷爷为何一辈子像个死敌，你们兄弟俩的斗争从未停歇，比我在《兄弟·井》中描述得还要激烈。我不知道把这个故事展示出来，对你是否构成伤害，我也不知道，在大爷爷死后的这些年，你有没有想过他？我命途多舛的奶奶，你一辈子生活在农村，从未见过真正的大城市，每当听我说起外面的世界，你都表现出极大的兴趣和神往。在我跟随你的那些日子里，你担负起了我母亲的职责，我们玩了多年比高矮的游戏，后来我发现你越长越矮……长大后，我就慢慢地离开了你。想起那些你跟我说的故事、给我讲的道理，不觉已潸然泪下。原谅我，写下了《死无葬身之地》，将我那素未谋面的爷爷刻画得过于真实。他当年参加志愿军抗美援朝，侥幸生还后没有享受到应该享受的待遇，最终含恨英年早逝。爷爷，我必须请你原谅，我骗了奶奶，我没有遵照她的嘱托，去找县政府讨要抚恤金，我知道找了也不一定有用，我不需要那个钱，我现在靠我自己，活得也很好。

还有丁玲先生，我曾经研读过你的大部分作品，并且对你的代表作品《莎菲女士日记》产生过质疑，我也因此以一位女性的口吻，写过《莎菲女士新传》，企图阐述另一个世界的爱情真谛。我把地狱做了修饰，而将人间写得恶歹。我必须在此向你检讨，我写的可能并不好，如果你看过觉得是画蛇添足，请你千万别往心里去。我写下此篇小说，也是向您表达我的敬意。

最后，我要向所有关心和支持我的朋友做出深刻检讨。我知道，以我现在的年龄，考虑生死的问题还为时尚早，但我却无法遏制自己对于死亡和真相的探寻。我不应该写出《死亡游戏》这么沉重的小说，也不该表达对生命存在意义的质疑。生命多么可贵，我们不能把死亡当作游戏。可现实的荒诞和无助，已经不允许我去说谎，当许多生命正被赤裸裸地摧残、碾压和绞杀，越来越多的生命苟延残喘着走向暴虐，行尸走肉遍布市井，我不得不对我们的前途表示担忧。这一切我无力改变，而只能相信是一场游戏。我只能让自己处于一种呼吸急促的紧张状态，以警醒自己。我的焦虑，你一定会理解。

感谢你读完我的检讨书，现在你可以放下书本，安静地离开。假若你买下了它，请爱惜它，不要把它弄得太旧。请不要担心它会不会是一本废书，你看过后若觉得不满意，请随时在我博客上留言，我将无条件退款。除此之外的遗憾，我一时还没有想好怎样弥补。抱歉！

屈辱

他无力打开，那力透纸背的契约。

亲人的目光无法抵达壁垒森严的城市。他与土地的关系早已淡薄。狂风席卷着细雨一扫而过，给肮脏的灰尘致命一击，灰白的天空又变得无比锋利起来。

一盆盆冷水泼向他，内心的脆弱迫不及待地隐现。

他是何时离开家乡，来到这鬼地方的？

这个城市的面孔已经阴暗多年……他实在不知道该怎样去描述。从市府广场到地铁出站口，他跟工友们和机器一样，整日运转，努力地制造各种生活的零部件。

终于摆脱了公交车和一些嘴脸，他在拥挤的车厢里，堆积的愤怒和抱怨，都随着她的到来，瞬间瓦解。

一步、一步，她已经穿过贫民窟的桥洞。如此迅速，脚步虎虎生风。

他该感觉欣慰，有这么一个可爱的女人，从火车的轰鸣声——从漫天风沙中飘来。

他即刻想到飞蛾，她扑火。她的身体因摩擦而燃烧、耗费。光亮徒增，雨滴飘忽不见。

偶尔，会有一些陌生的面孔，插入他们拥抱的缝隙。那些跟她睡过觉的混蛋……她用那些臭钱付房租、还债、交各种税和各种费、回家过年、孝敬父母……

而他的工资、主要用来给他们的孩子买奶粉。

他想，我们的屈辱不能再传染给下一代。

伤口与共振

2006年10月

真正让人心痛的不是令人难以割舍的悲欢离合，而是发生在你身边的真实的故事——它们在不该结束的时候结束了，只留下空虚的你，作为一个当事者和叙述者双重地存在。有时你觉得写作对你来说真是一件残酷的事情，你需要把所有不愿遭遇的人再遭遇一遍，把所有痛苦的经历再经历一遍，把所有不堪回首的记忆再一一翻新。作家都是自虐狂，他们做不了别的事情，就专门往自己没有愈合的伤口上撒盐。

在我眼中，作家是神圣而不可侵犯的，我不想亵渎他。我以为作家的灵魂是长生不死的，你时刻可以感知他们的存在，却无法触摸到他们真实的肉体。作家就是那么一个虚实相间神神秘秘的磁场。当你被一种神秘的力量驱使着如履薄冰般忐忑不安地深入他灵魂的虎穴，你将宿命地成为他庞大精神家园里一位忠诚的奴仆，你无法反抗也从未想过反抗，你只有屈从的份儿。当你进入他时，你将作为一种纯粹的精神实体，而与他的某些部分切实相关，呼吸相连，同生共死。你的每一声欢笑或每一滴眼泪的背后，都有另外一个与你表情一致的通感的面孔。特别是当你由于兴奋或感动而发出一声叹息时，你是否清晰地感觉到在你身边的某个地方（对面的墙上、窗外的阳台或门的背后），传来另外一声熟悉的叹息——那样真切的共振绝对不是来于幻觉，它一定是你的前世、今生或者来生所必然要被引诱的一个回音，并且要刻意地在你灵魂的深处刻下一道不浅不深的印记，以证明你属于他——你没有拒绝的权利。

命名

始终让人困惑的是，我到底属于哪一类人？当我深刻地认识到自己不是一个普通的正常人时，我感到自卑——我羞愧地意识到，我特殊的家庭环境已经让我时常陷入思考和忧虑的状态，我已经没法像我的大多数同学那样过上普通孩子那种简单的生活。无果的思考和痛苦的回忆让我时常感觉疲惫。我没法像大多数同龄人那样容易满足幸福地活着、安安稳稳地无所事事或匆匆忙忙碌碌无为地终其一生。我始终没能为自己所属的群体找到一个合适的名称。神经衰弱？过度敏感症？杞人忧天？我逐字逐句地翻阅词典，最后却只能感叹那些编撰词典的人原来也和我一样词语贫乏。

我们都是有病的孩子

我读到的第一本文艺类书籍应该是本名叫《江山如画》的武侠小说，没有封面，当时也弄不清楚作者姓甚名谁。那次我跟二舅半夜子时出发，以每小时七八公里的速度跋山涉水，傍晚时终于顺利抵达外婆家。那次串门的最大收获，是我从二舅的床板底下搜罗出几本志人志怪小说和武侠小说来。

这可是我第一次弄到课外书。我们那里一般的家庭藏书只有几本，比如《老皇历》《如何养猪》《板栗嫁接技术》，等等。一次性弄到那么多好书，真让我兴奋不已，并且有的书里面还有为数不少的性描写，这让一个不足十岁的小男孩面红耳赤。

当然，我也没有忘记那帮如饥似渴的难兄难弟。我把书带到学校里，利用课余时间给他们大声朗读，同他们一起分享。我一般会一屁股坐在课桌上，像古希腊的学派领袖向信徒们宣讲道义那样嬉皮笑脸又全神贯注。我的听众无不被我绘声绘色的描述所感染，他们或悲或喜或哭或笑，总之一来二去就都成了我忠实的铁杆粉丝。

可是，由此造成的悲剧也就无可幸免。过度的投入就难免忽视了老师的存在。有一次我正照本宣科地讲述着，老师忽然从天而降一把揪住我的耳朵，把我像一条癞皮狗一样拖出教室，让我在毒辣的太阳下暴晒两三个小时。当然，我的那些被视若至宝的书也被全部没收。

我的童年生活应该是病态的，它建立在极端压制、欺辱恐吓、颠沛流离、饥寒交迫和极度空虚中。那次，我无端地被体罚，使得我本来有所改观的生活又变得枯燥乏味起来。我被迫又回到了那种抱着课本整日摇头晃脑唱歌的所谓好学生状态。我曾经胆大包天地质问老师，为什么要收缴我的书，老师只对我说了三个字：不准读！当我正准备再问她什么的时候，她已经提起了鞭子。我只得赶紧逃走。

父亲对我一直是严厉的，他对任何人都温和，唯独对我刻薄。表面上看来他是我为好，想叫我成为所谓的“才”，但透过表象我一眼就看穿了他自私的阴谋。他让我成才的目的并非是希望我未来能够活得幸福，而仅仅是为了满足他自己的虚荣。一个一辈子没有什么成就感但已经年过中年的男人，许多时候他的思想是狭隘、偏执甚至是变态的。父亲一直想在我的面前树立起他崇高的形象，可惜他的一些小伎俩根本无法掩饰他的龌龊以欺骗早慧的我。他打着养家糊口的名义外出打工常年不归，在充斥着物质气息的城市里过着花天酒地的生活。他几乎没有为我提供任何形式上的物质和精神需求。每次看着母亲辛苦地劳作，我就感到深深的不安和憎恨，我不能去想那个时常面带微笑伪善的父亲。后来，有一次父亲回来找我单独谈了一次话，大意是问我如果他和母亲离婚我会跟谁，我毫不犹豫地说我会跟随母亲。他说，她不会赚钱，跟她你会很辛苦。我反问他，我跟你就过得幸福吗？他没再说什么，从口袋里掏出一包饼干递给我，我跑到家里撕开包装袋，把饼干一块块倒出来，送给狗吃了。

他们最终还是没有离婚，我想这关键是因为我这个筹码在关键时刻起了不容忽视的作用。而后父亲好像有些微妙的变化，他带我去买衣服、买皮鞋，时常找我聊天，但这些都没能换取我对他的好感。可以说，他在很大程度上已经失去了我这个儿子。虽然我在表面上还喊他父亲，并且貌似对他还很尊敬。

生活的极度压抑和空虚使得我必须寻找一种排解的方式。我首先选择去做个流氓。有些日子我和一批问题少年和社会无业青年混在一起，跟他们一起去玩耍，吃喝嫖赌、敲诈勒索、寻衅滋事、打架斗殴，整日过着刺激但提心吊胆的生活。但日子一久，我发现那种无法无天、浑浑噩噩的生活并不能使我快乐。每当我参与干过一件丑事之后，我都会深深地自责。我想，如此生活长此以往会让我疯掉！所以，我必须还得寻求另外一种生活——这种生活必须是自我的，它必须得让我安静、忘我、充实、满足。

思前想后，我就选择了阅读和写作。疯狂的阅读让我感到充实，而忘我的写作让我体验到前所未有的快感。至于写作的一些所谓伟大意义，我当时并没有那么高的觉悟，甚至说直到现在我有时还会动摇和迷惑。我只是觉得，这是一条适合自己的路，一条能给自己带来快慰和自醒的路，一条能让自己痴迷并且流连忘返的路。

选择写作的人，他的初衷无疑都是简单而质朴的，甚至就像选择犯罪一样，他们的目的往往都简单而明确——无非是想让自己得到释放。这两者所不同的是，写作可以让灵魂得到释放，而犯罪所得到的释放仅仅是身体。他们所借助的排解方式不同，其结果当然大相径庭。前者可能会通往一条光明的大道，后者则必然会自取灭亡。因为，思想本身虽然是天马行空、无界无疆的，但一旦操控起来就会变得越来越有节制，直到挥洒自如；身体一旦放纵起来就会不停地消耗，终至无法掌控、化为灰烬。

时常会听到别人骂我们有病。是的，我们都有病。我们疾病的根源是因为对这个世界心存不满，以及过度的敏感和早慧早知。没有病的人不会选择写作，没有病的人也写不出脍炙人口的作品。我们只是早些发现了一些漏洞和假象，急于弥补又被现实划得遍体鳞伤——我们感知到了这些伤口的疼痛但无能为力——只能选择一头扎进精神的无边的世界里，而逃避的过程正是直面自我的过程。我们找到了一个名叫“写作”的能医治自我病痛的良方。通过一些真实可触的幻觉和虚构，我们的伤口正逐渐愈合。

然而，新的病毒总会不期而至，而那些免疫药物总显得过时。

于是我们的身体上又会出现新的伤口——我们这些有病的孩子，就这样不停地研制着战胜疾病的良方，日以继夜，乐此不疲，永无宁日。

2006年5月

虎、金属：钙

11月20日

我以前曾经读过一个句子：不论石头，还是骨头，都不能缺钙。

诗歌《虎》：

我所见到的虎都在大大小小的笼子中
它们安静或焦躁
只在黑夜和铁丝网纠缠
它的帝国日渐狭小
最终缩小成单独个体
只能容纳一颗疲惫的心脏跳动
而我们已经习惯熟视无睹…… 生活就是从一只笼子里逃出
钻进另一只笼子

看笼人从不会承认自己渎职

而总将罪名安插在笼子本身

问题总出在人身上

诗歌《金属：钙》：

我的前世是猎人

我的今生是猎物

我无法监视

你一分一秒的改变

缴枪之前

我只能选择打下自己的影子

我无理的控诉啊！……每个人都梦想成为法官

用法律审判别人

我甚至可以放弃旁听者的权利

以诅咒这个世界的不公正

失而复得的想象

——11月21日至12月14日微博记录

11月21日

参加了个饭局，涵盖律师、法官、检察官、企业家、作家……听他们说各自的生活，有意思。没意思的是，桌上满是鱼翅、茅台、中华……海鲜鲍鱼什么的我一口没尝，我讨厌那种赤裸裸的腥气。我想不明白，为什么所谓的饭局都如此？再贵的东西到肚子里最终不还是变成一坨吗……

11月24日

“我们的人口持续增长。国力增强令人欣喜，人民定将继续享有更大自由。这些伟大的事情，不是出于人心的设计，也不是人的手能成全的，乃是来源于至高上帝的恩赐。他诚然因我们的罪孽而发怒，但仍然乐意赐下慈爱怜悯。”林肯《感恩节文告》。感恩节快乐！愿你获得解放。

11月28日

有些爱，想做也不能做....

（记录邵夷贝姑娘新歌《我不相信爱情》里的一句歌词。）

这种特色还值得继续贯彻下去吗？

（读《中国新闻周刊》：“被小学生夹道欢迎的领导哪来的定力？”领导干部需要定力，这种定力应该表现在对保持经济发展的信心上，表现在对复杂社会问题的处理上，表现在对国家和人民利益的维护上，而不应该表现在群众的欢迎仪式上。）

11月30日

在城里我从未见过真正的雪，太多被掩盖的羞耻让它无颜享有雪白！

12月14日

近两年对诗歌的热情明显消减，一是生存的压力让我不得不改变写作的姿势，再者，确实在诗歌创作上遭遇到巨大的瓶颈，零星写过一些，自己看着都扎眼，怎能示众？

直到那晚在去舟山群岛途经宁波的火车上，窗外的月光将我唤醒。

写诗，是无法遏制的内心旅程，是让自己沉迷于巨大的阵痛和悲剧中孤独求败。诱发你出手反击的，很可能只是几缕月光、一个陌生的旅途或者失而复得的想象……

感谢词语，你们让我再一次主导自己，成为王。

病句

12月18日

忧国忧民是知识分子的责任。爱国，所以忧国；爱民，所以忧民。爱之愈深久，就愈能见其缺点。批判是让其警醒以修补漏洞，可以兴邦。一味唱赞歌者，是危险的阴谋家，助纣为虐，则可以亡国。

中国有句古话：行不改名，坐不改姓。匿名发言，是对不合理的体制的惧怕。鲁迅说：“真的猛士，敢于正视淋漓的鲜血，敢于直面惨淡的人生”。我认同实名制，但国家更应出台法律，加强保障公民的权利！

一般弱者总是说自己大，强者从来不伸张；堕落者总是提醒自己崛起，但通常只会说说。

最黑暗的时刻，也最短命！（诗人韩庆成《日全食》里的句子）

12月19日

创作，是拉长生命限度的唯一方式。坚持，让人不朽。

这个时代是个病句……无数病人说出的话都是病句。（读李承鹏博文有感）

坍塌与缅怀

12 月 31 日

恶搞是民主自觉和观念反叛的重要体现。这样的大学（华东理工大学）和大学生，足以让北大清华们汗颜，也让我们看到了希望。（看罢华东理工大学校团委组织的辩论赛视频“韩寒和郭敬明该不该在一起”所感慨）

灾难累积起来的日子，现实让人疲惫、麻木，最终让时间成为毫无意义和希望的叠加，在幸灾乐祸中，期待某种坍塌后的新生。（读诗人余子愚《现实书》）

今天是史铁生先生周年祭日。他的新浪博客还在，笑容还是那么从容，可主人已经去了另一个世界……我们失去了一位“以残缺之躯书写几近完美的心魂”的伟大作家。他的文字，让无数人寻回了缺失的希望与喜乐。他为所有的中国作家提供坚守灵魂的信仰。2011 年的最后一天，让我们一起缅怀史铁生先生。

出色

2012年

1月1日

《探索》杂志分析世界末日可能因素：人机融合、基因修正的超人、太空殖民地起义、瘟疫、超级炸弹、气候控制灾难、时光旅行、奇异物质、暗物质作用、太阳罢工、小行星撞击、火山爆发、磁场转换、环境毒素、生物技术灾难、全球性战争、生态系统崩溃、黑洞、真空瓦解、神的干涉等。科学真深奥啊！

1月6日

面对邪恶，除了持久的斗争，别无他法。

（程美信：被邪恶打败的两种结果，一是消极虚无，二是更为邪恶。前者是回避现实的犬儒态度，后者是变本加厉的报复行为。）

布道者

2月2日

诗歌《布道者》：茫顾四野 / 苍翠不语 / 人们再次在山巅挺拔自己 / 音阶倒悬 / 秃枝闪亮 / 我前行的道路上 / 布满针尖和麦芒……让灵魂苏醒的时刻 / 到了 / 风从各个角度 / 撒播自由的火种 / 风的布道 / 尖锐 且迫不及待 / 拯救我们的时日已悄然降临 / 这寂寞而孤独的解放 / 这迅速而凶猛的收敛 /——风 点燃了一切

2月6日

元宵快乐！遥想老家乡村，今晚灯火通明，活人与死人同乐，阴相、阳相与真相一起，大白于天下。（深圳《晶报》在微博上说：今天是元宵节。当年汉元老们一举消灭了吕氏集团，中国历史上第一次实现了宫廷内民主，众元老选举代王刘恒为皇帝，为了感恩百姓与众功臣，第二年，汉文帝将正月十五定为元宵节，当成纪念日，纪念月圆之夜的行动。这一天皇帝和大臣与民同乐。皇帝与百姓在一起不戒严，当时不容易啊。）

2月13日

为深入骨髓的寂寞，干杯！

2月15日

写作，就是靠近“尚未抵达”或“不可抵达”。

伟大的天才帕斯卡尔

我们大多数人都是通过《思想录》认识帕斯卡尔的。

帕斯卡尔真是个牛人！你不得不佩服他！

如果说这个世界上确有所谓的天才来过，我坚信帕斯卡尔绝对可以排在爱因斯坦和牛顿之前，甚至丝毫不逊色于笛卡尔。

这个出生一年后就染上病痛的天才，疾病缠身，年仅三十九岁就被上帝招为随从。虽过早地告别了人间，但人间从来都不缺少关于他的传说——因为，他给我们留下的太多了！

十一岁时，帕斯卡尔就写了一篇关于声学问题的论文，探讨震动体一经触摸就停止发音的原因。十六岁时，写成著名的《圆锥曲线论》，提出了以他名字命名的定理，这个帕斯卡尔定理指出了圆或椭圆的任意内接六边形的三组对应边的交点在同一条直线上。就这样，他和笛卡尔、德札尔格一起开启了近代几何学。

十八岁时，他开始设计计算机。他草拟过五十种模型，最终根据齿轮系的转动原理，制成了世界上第一台计算机。尽管只能通过手摇计算六位数字的加减法，但已经是当时震惊科学界的大事，从此奠定了计算机科学的基础。

二十三岁时，他开始从事大气压的研究，完成了由伽利略开始，并由伽利略的徒弟托利拆里所进行的工作。二十五岁时，他通过实验准确地测得了气压与高度的关系，写成了《液体平衡论》和《大气重理论》，确定了大气压力的理论和流体静力学的基本规律。

关于《李白来了》的答辩

2月21日

对倍受争议的诗歌作品《李白来了》写作背景的交代：

2000年至2006年，时值口语诗把持诗歌话语权的年代。当时，网络诗歌论坛风起云涌，主流的文学杂志也在大肆推出口语诗歌。我当时还在写着十分陈旧的诗歌体式，身边有不少诗人当时已经很知名，都在劝导我转型口语写作。尽管当面都曾言辞拒绝，但背地里我也在偷偷地“试笔”。

从《这是一个寂静的夜晚》开始，我先后写了《我梦见熟悉的味道》《干掉许多余》等一系列口语诗，直到写完《李白来了》，我就不再写口语诗。

《李白来了》先是在论坛发布，后被网友大肆转载，广泛传播，曾感动过一些同龄诗人（有后来成为朋友的青年诗人告诉我，他们曾经一边喝酒，一边泪流满面地朗诵这首诗……)，但更多的是批评和非议，甚至直接影响到后来微博上热闹一时的“杜甫很忙”。它还与乌青的《对白云的赞美》一起被当成当代诗歌的反面教材。

2012年初，《李白来了》被中国诗歌流派重新发布，再次引发热议。

当然，我不是反对诗歌口语化，好的口语诗依然具有震撼人心的力量，王小妮、黄灿然、尹丽川、朵渔、沈浩波、宇向等依然是我很喜欢的诗人。

但若将诗歌完全口语化，显然也是不妥当的。

驳“中国诗歌流派网”网友“尘若无”的“非诗”说：

尘若无：《李白来了》非常好，用最恰当的方式表达了最想表达的效果。希望有一个概念“非诗”(具有诗歌的一部分特点，而并非全部的独立文体)来规范，没有歧视意义，是和诗歌平行的概念。例如，此口语诗就属于“非诗”，如果有这样的概念，那这个就不再有争议，绝对是“非诗”的经典之作。免得这么好的作品拥有批评、褒奖截然不同的反响。

许多余：我认为没有“诗”与“非诗”的概念，只有“好诗”与“坏诗”之分。不好不坏的，是为“庸诗”。

判断诗歌的“好”“坏”，首先是作者的“真诚度”，真诚与否将直接关系到一首作品的成败。所谓真，就是事实清楚；而诚，就是忠于“直觉”和“真理”。其次是语言的张力。对节奏的控制、对情感的控制、对语言的精准把握……都是考验诗人对语言和诗句经营的基本素质和技巧。再次，才是思想。

有两点我不能认同：

一、谁说粗俗的语言不能为诗？这是你对语言的偏见。粗俗的语言同样具有魅力。艾略特是大师，金斯堡也是大师。

二、古典诗词中没有粗俗的语言，这并不说明现代诗就不能用之。因为，前者对后者并无直接作用。

2月24日

诗人需有对权威说不的勇气。诗人可以拿任何人开涮，包括自己。（回中国诗歌流派网网友北犇：许多余的《李白来了》拿古人开涮，这大不敬的做法令人反感！恣意破坏“文学大家”在人们心中的美好形象，如同暴殄天物，有空找个寺庙，进去敬一柱香吧！）

购书单

2月25日

【购书单】：20日与韩庆成先生一起去爱知书店，购得《巨流河》（齐邦媛著，三联书店）；在保罗的口袋购得《诗人》（迈克尔康奈利著，新星出版社）。22日在育才书店购得《西西弗神话》（阿尔贝加缪著，上海译文出版社）、《红楼梦》（岳麓书院）、《了不起的盖茨比》（英文版）。

今日购书五本：约翰福克斯的《殉道史》（三联书店）、玛克斯奥勒留的《沉思录》（梁实秋译，燕山出版社）、冯友兰的《中国哲学简史》（三联书店）、江弱水的《古典诗的现代性》（三联书店）和朱自清的《经典常谈》（三联书店）。

良知与真相

2月26日

真相和良知，这两者原本是“兄弟”，现在被弄成了“仇家”……为何？（读慕容雪村微博：“方韩之战，一些本来中立的人纷纷转向方派，其中不乏学养深厚、正直善良之人，有些是我的朋友，过去是，现在是，将来也是。我能够理解其感受，但还是想问问，不是要逼人表态：一方是《南方周末》、韩寒的同学室友、石康、宁财神等与韩寒有交往者的证言，另一方是文本分析、想象和推理，难道只有后者值得相信？”有感）

“安神的春风，使我涣散而又凝聚。”诗人内心的澎湃，如春风劲吹大地，使万物复苏。（读诗人汪抒新诗《安神》有感）

【生命不熄，创作不止】杨绛先生九十二岁成书《我们仨》，九十六岁成书《走到人生边上》。晚年夫钱钟书和女钱媛相继离世，但她仍顽强地站起来奋笔疾书！生于铁岭的台湾地区女作家齐邦媛先生，八十五岁高龄时完成记忆文学巨著《巨流河》。时日虽少，然生命力愈加顽强。我等后生正直青壮，然虚度光阴，何其汗颜？

不知不觉已开始依赖上某个人，我内心的强大足以面对整个世界，却无法走出她的身体。我从那里出来，我从相似的地方进去……一直以来我从来都不是孤身一人。

甲村与乙村有一分地争议，两村各不相让。甲村有谋士提议两策：一、相让之；二、力争之。都被村长否决。谋士大惑，质问之，村长不语。适时，甲村有三五爱村勇士闯入争议地，欲宣誓村主权，遭乙村逮捕。甲村委大喜，严正声明不亦乐乎。谋士大怒，何以不保村民？村长曰：以爱村之名化村民之怨，稳矣……

放弃真理

2013年

1月16日

崔健说，凌晨三点钟以前睡觉，我认为是对生命的浪费；中午十二点以前起床，我觉得是对我生命的一种透支。崔健还说，自己五十一岁了，皮肤光滑如玉，主要原因是自己三十年如一日，坚持当天睡觉当天起床（凌晨四点睡觉，下午两点起床）。夜猫子们，晚睡晚起好，早睡早起不好……哈哈

1月14日

为什么柴静、姚晨们的老公都是搞摄影的？原因很简单，你所看见的，他们都先看见。

作家就不能维权了？正因为是作家，有时遇到些侵犯，申诉还可能有点效果，一般的你就忍着吧……正因此，越是名人，越是要维权，在缺乏监管的公共服务上让他们端正点。

1月9日

世上所有的绝望，都是因为纵容，都是因为胆怯，都是因为退缩，都是因为太在乎自己的卑微，都是在放弃真理。

关键时刻，诗人总会走在前面……

昨天跟老简宁通电话，简宁大哥是我尊敬的诗人和出版人。多年前在黄山路一书店买过人民文学出版社的《简宁的诗》，可惜辗转多年不知去向，那家书店也早已不在。他和莫言、贾樟柯、邹静之等老师创办的“嘉图书”先后出版过莫言、贾平凹、梁小斌、王安忆、残雪等诸多名家好书。请大家关注“嘉图书”！

昨收到《宇向诗选》，内有孙磊《处境》，印制精美。在书店当场给几个文青朗诵了《钥匙在锁孔里扭》，“我只不过喜欢平常的生活喜欢通畅的感受 / 喜欢钥匙在锁孔里扭”。一次偶然阅读，被这个句子打动。“他们的寂静。迫使我的尊严凉了下来。”翻看孙磊诗歌的第一页，就被震了一下。感谢宇向。

藏头

1月8日

何时可以不藏头？

1月7日

黑暗为延长自己的寿命不择手段，但仍无法杀死所有的光明；迷恋权力的暴君或可逞强一时，却无法延缓注定会来临的末日；习惯将别人踩在脚下的人，迟早要被别人踏碎身体；始终把别人的生命当作自己生命，把别人的自由当作自己的自由，并甘愿为之付出的，永生不死。

1月5日

我们痛恨新闻人没有操守，可最没操守的恰恰是我们。欲望不止，野心膨胀，道德丧失，大多数人都觉得自己是既得利益者，但任何人都无法保护自己的利益，活在无边的恐惧和迷惘之中。朋友，他们并不认识你，却为你呼喊；他们绝望之时，你在哪里？

秋日午餐

12月26日

秋日午餐。爷爷、奶奶、父亲、母亲、叔叔、夫人加我和妹妹正好一桌。深秋开始，我们都是这样吃饭的，一家围坐一桌，碳火炉熬着菜。想家了，想吃家里的土猪肉、野兔、小白菜、苦菜……想喝山泉水泡的清茶。

谁说写诗不赚钱？《佛山文艺》给我一首诗发了三百八十五元稿费。晒晒近日收到的两张与诗歌有关的稿费单。《北京文学》发了三百六十二元，诗学随笔一篇。

12月25日

写了首口语诗，《弟弟妹妹们都牛了起来》。

谈兴正浓

12月24日

参加深圳诗歌节，见到白烨老师。上次见白老师是五年前在北京的中国现代文学馆。白老师多年来给了我很多鼓励和帮助，一直关心我的写作。诗歌节席间多次向诸位前辈推荐我。私下与白烨老师聊了很多小说写作的问题，很开心。再次见到梁小斌老师，在人多的时候，他竭力肯定；在私下，他总是批评我……

见到北京大学谢冕教授、首都师范大学吴思敬教授、南开大学罗振亚教授、福建师大孙绍振教授、中国社会科学院刘福春教授等当前中国一流的文学院教授、博导、评论家。在深圳机场候机的三个小时里，大家再次激情澎湃地谈诗歌。

12月16日

即日起，小规模闭关，不聚会吃饭，不唱歌，不谈情说爱，也不闲话人生、社会、国家、世界和人类。完成几个早就应该完成的方案，写几首诗歌和一两篇小说随笔。近来荒废得太厉害，唯恐无颜面对即将过去的2012。对不起了朋友们。

羡慕我？我羡慕所有人。

放他们一条生路

2011年

这部分文字可以算是“小说中的小说”。某天我在写作《拆迁办主任》时，突然想到做这样的尝试。这将可能为我打开一种新的写作思路，我为自己找到了一种新的写法感到兴奋。它们的可读性和文本价值丝毫不逊于小说正文。

创作《拆迁办主任》期间，发生了一些或大或小的事情，包括现实中我与拆迁办的对抗与妥协、斗智斗勇，还有我与拆迁办主任及拆迁办工作人员针锋相对的“亲密接触”，以及在写作此书过程中的一些随感、随想和琐事。

如此，也算是交代了此书的创作背景，以及《拆迁办主任》背后的故事。虽琐碎了些，但绝对真实，大部分都还挺有意思，其中也有一些属于我的个人隐私。家庭的、生活的、情感的、思想的、女人的、家乡的……可笑的、可恨的、可悲的、可怜的、可爱的、可惜的……切肤之痛的、事不关已的……这次豁出去了，都给你们看看吧！相信读者您不会很讨厌这些东西。

第三辑

chapter 3

灵感与快感

为浪费的灵感忏悔

冷静，十朵鲜花的虚无足以击溃一个女人。

三百六十个夜晚夜夜焦灼。

你根本无法相信她们。

贪婪的海绵，表面干涸而仍充满邪恶欲念的身体。

他们的到来往往不择手段。

一支香烟很小心地占据着我的睡眠，占据着皇后的华清池，血红的空洞。

十根手指也填不满空间，一滴水就能让她充实。

你在我的心脏里打滚，我感觉安宁。

道路裂开，露出阴沉的笑脸，胡须从你的下巴掠过。

我看见那些目光刹那间生锈，一块一块，掉进眼角深处。

她的瞳孔在放大。

蓄谋已久的事件已逐渐逃离本身。

她们来去如风，她们只来一次。

寂寞如潮如期而至。

我从光和影中听出礁石生长的速度。

骨头瞬间老去，灵感来去如风，她们只来一次。

孤单，自由，让你一身轻松。

月光曲

总是在嘈杂中昏沉地睡去，发现灵魂飘远，透过窗子，再没有门。

属于我的光明，也属于每个生命的光明，但他们笑的安然，我却依然哭着生存。

妈妈呀妈妈，我哭了，为自己的卑微，也为一个母亲的不幸。我没钱不买你喜欢吃的柑橘，只在梦里想象着它的味道，像我躺在你的怀抱里，那样满足。

如果记忆是一只青涩的柿子，那么我的心就是果核，在它稚嫩的坚硬里，有我用血肉筑建的城堡。我时常在里面做梦，在梦里，我总听见你急切的呼唤，我的乳名——它恰好与光明有关。

我的乳名，叫亮。

我的绝望是天空的繁星，是滔滔江水，是辽阔的大海。

天空有多少星星，我就有多少悲戚的泪。

江水有多汹涌，我的命运就有多难测。

大海有多辽阔，我的寂寞就有多无边。

如果命运注定有灾难，那么逃脱也只是无用的挣扎。

如果挣扎为的只是逃脱，我宁愿肩负命运的灾难。

蚕作茧是为了拥有温暖的家庭，蜘蛛织网却是为了拥有自己的天空。尽管，家是温馨的，而天空破碎阴霾——我的选择与幸福无关。

我已经在这尘世奔波了十几年，有时感觉累的时候，我就去想我的童年。

那时没有光阴似箭，那时没有度日如年。

那时，我只躺在你的怀抱里，阳光挠着我的后背，温暖着你的心，也灿烂着我们的脸。

我睁着大大的眼睛看着你，妈妈，你的微笑像苹果，你的善良无语言。

你把我紧紧地拥在怀里，对着我的耳朵小声说：亮、亮，笑一个、笑一个——

笑一个，我就带你去找明天，借钱。去买一所大房子，去买你未来的蓝天，去买你想要的所有东西。再买一个月亮，挂在你的窗前……

妈妈、妈妈，刚刚想着你，我就哭了。

记得那年，我笑了，但你却忘记了带我去找明天。

我已被挤进一个冰冷的角落里，这里没有窗子，我也弄不清到底有没有月亮挂在我的窗前。

妈妈、妈妈，想着你，我的心波又平息了，我想你就在我的身边。

2005年4月

饭局：不欢而散

上周五，一哥们儿酒楼开张试营业，邀请我去参加晚宴，见到诸多文化艺术圈和媒体圈的朋友，万家的年轻主编代震先生邀请我一定要去他们那录制一档节目。代主编甚是热情，万家对本人一向非常支持，从去年约到今年，一直没有抽出时间去参加录制，这次实在不好意思再推脱，最终敲定今天录制。今天的日子太二了，2011 年 2 月 22 日星期二，五个二，真二啊！一个多小时的访谈，正经话没多说，二话倒没少说。没谈什么文学艺术，谈了不少科学和心理学，也聊了些民生方面的东西。比如“合肥砍树”“毒奶粉”“避孕药海鲜”等，包括当前中国城市化进程面临的最大问题——拆迁。时间有限，谈的也都是皮毛，说的都是笑话。他们准备请我做他们的嘉宾主持，把“万家访谈”做成一档脱口秀网络视频节目，这个我还真有点兴趣，哈哈。

顺便跟房产频道的王主编聊了会天，问我今年有什么打算，我说继续坚持自由写作，现在正集中精力写新长篇《拆迁办主任》。搞创作不累吗？这个题材可是个敏感题材，不好写啊……王主编说。我未置可否。尽管累，但这年头干什么不累呢？只有自由写作相对还自由一些，搞其他的，不是说干不了，而是不想干，一旦你选择干什么工作，就不可避免地得被工作干。

中午婉拒了万家，打算回家吃碗面条什么的，上车之前，想想自己马上就要走了，应该去工作室跟兄弟们道个别，打黄震大哥的电话，他说不在工作室。上车之后，他打电话过来，让我赶快去安徽饭店吃饭。一去发现桌子上坐的大多是熟悉的面孔，有上海世博会几个场馆的承建方张尚明、团省委的吴晓东老师等，寒暄、问候，礼毕，进酒。席间黄震老师谈了一些社会问题和体制问题，与其他人发生争执。张老师主张艺术家和作家应该远离现实和政治，安静创造艺术作品，为未来的人们留下财富，那才是最宝贵的。我跟黄老师一起表示强烈反对，如果这个社会有良知的人都不说真话，那这个社会的诸多问题谁来指出？谈何改进？如何进步？我们必须面对我们的现实。我说，不关心当下，就是逃避；沉默，就是帮凶！中国人越来越不浪漫，没有幽默感，关键是因为不会“搞”。近两年网络上开始出现了一些“恶搞”，卫道者视其为洪水猛兽，实乃杞人忧天，不管怎么个搞法，都比不搞强。

饭局几近结束时，张尚明说：“我很讨厌乞丐，真不明白他们为什么要乞讨，随便干个什么工作也可以生存下去，在工地干个苦力，最不行的捡捡垃圾也可以啊。所以，我从来不给他们钱，他们不值得我去同情。”

“你这话说的本身就有问题。乞丐怎么了，你不能剥夺人家乞讨的权利，这就是他们的生活态度，就是他们的工作，偌大一个中国，难道就容不下一个乞丐？这个社会，如果允许那些“一根筋的人”存在下去，那才是一个健康的社会、和谐的社会。”黄震有点激动地说。

宴席就在这种针锋相对中散去，尽管大家都嬉笑连连，但我能感觉到某种不欢而散。实际上，这种情况我已经遇到过多次，仅仅是和黄震一起参加的都数不过来了。许多时候，大家根本不在同一个对话语境上，你说得再多也没用，人家根本听不进去，甚至不愿意听。说到后来，他们会感觉恐慌，甚至恐惧。你还指望他们对弱小者报以同情？你还指望他们改变社会？他们怎么会去想这些事情呢？人民生活得怎样、活得有没有尊严，关他们什么事……

2月22日

环城公园

我们刚刚与人生进行过一次周旋
范围不大　从三孝口出发
穿过女人街　趟过庐江路
在桐城路和环城路的交口
茗典开门迎客
这是我们暂时的终点
我们将在这里喝茶 聊天
将生命缩短两小时

藏在兜里的小零食
没能淹没邻座争吵的男女
又是婚外情　俗套的话剧天天上演
男人要将女人逼上绝路

女人要将男人置于死地
爱情那么可怕　为何我们还神往
爱情如此肮脏　为何我们不选择清洁
我热爱干净的乡村小路 却很少去走
反踏上血淋淋的大道

一个流浪诗人正在为一份稳定的工作厮杀
一个医生诗人因拒收红包而陷入困窘
一个作家诗人为自己的处境困惑
赤阑桥已不在 姜夔在护城河里哭泣多年

友人各点一支烟　散去
环城公园里仍有新故事发生
廻龙桥路短不及百米
桥 早成传说 廻龙被高楼镇压
路上空无一人
前几天永红路上发生了一件大事
……
今儿先说到这儿

2009年9月11日凌晨

灵感与快感

五点钟左右去马鞍山南路夏总的公司，这是我“封山育林”前最后一次与我的出版商碰面。打不上车，碰巧搭乘了辆“黑车”，价格很便宜，才十五元。感谢黑车，否则我将情何以堪！

这次主要是谈谈《拆迁办主任》的进度问题。关于这部小说，我跟夏总碰了不下十次面，自去年底一直碰到今年元月，我才开始动笔。赶上春节，老是找不着好的状态，又总有俗事缠身，写作的速度确实太慢了。本来打算赶四月的哈尔滨书市，现在看来不一定来得及了，我最快也得等到三月底才能完成。夏总说实在没有办法的话，就先做一本“假书”，先在书市上亮下相。我说假书倒没必要做，可以先做一本试读本，就是除了没有书号没有定价外，其他的跟正式成书时没有区别。人家美国、法国等国家早就这么干了，一般的一本书在正式出版发行之前都先做个试读本，免费送给一些作家同仁、评论家和新闻媒体，以及一些发行商，这样一来，效果就好多了。夏总点头称好。

夏总是我去年底刚认识的一位年轻的出版商，虽认识时间不长，但通过几次交流我们就都有相见恨晚之感，他有许多牛气的想法和创意，至于到底有多牛，恕我暂时不能告诉你，至于什么时候可以告诉你，说实话，我也不知道。我暂时也不能告诉你他的名字，因为他这人太低调了，低调得都不想让人知道他的名字。他说出版商要那么大名气干嘛，不能人人都像两个波（路金波、沈浩波），人家本身就是作家或诗人，首先想的肯定是把自己搞出名……

我虽然不认同他的许多观点，但仍以兄弟相称。每次吃饭我都会当着很多人的面介绍：这位是我的衣食父母。夏兄屡屡摇头，千万别这么说、千万别这么说！

凌晨一点，我起身离去，夏总答应了预付版税的要求。“起码得保障你的生活！”他说。

感谢我的兄弟，让我再次能有相对安定和自由的写作心境，我会珍惜的。但状态就像女人，我只能慢慢寻找，否则肯定找不到好的、漂亮的。

我的写作需要状态，状态需要灵感，灵感需要酝酿。

灵感不像快感，来的没那么快，你只能像对待花儿一样，慢慢地浇，她们才会在适当的时候悄然开放。别得意太早，你永远不知道她们会持续开放多久，更不知道她们释放的是香味还是怪味，最可怕的是无色无味。

2月23日

口述

2月25日

周一我就开始电话联系拆迁安置办主任，以拜年的名义约见，以送他我新近出版的两部著作为“由头”，主要目的在于商讨拆迁安置赔偿的问题。主任还算客气，许老师长许老师短的，我说：什么时候有时间我们见个面吧，被拆了都三个多月了，上面的赔偿也应该下来了吧？去年十二月你拆迁的时候，我一直对你的工作予以支持、配合，没给拆迁办制造任何麻烦，我一直信任你主任，把你当老大哥，现在你可得给我做主啊，不能说拆了就算完事了是吧？

主任说：你放心，我答应你的，肯定说到做到，近来拆迁任务太重、事情太多，要不我安排一个下属跟你谈下吧。我一听说他要安排下属就急了，那不是推脱嘛，不就是踢皮球吗？不行！我急中生智，我说：是这样的主任，我今年刚刚出版了两部新作，准备亲自送给你，当新年礼物呢。主任说：你亲自送书我若不在，那就是不礼貌，这样吧，星期四，星期四上午你过来，你看怎么样？我说：好！

周四一大早，其实也不早，我一般是上午八九点钟起床，今天八点半我就给他发短信，没回。等到九点钟，还没回。我打电话过去，那边压低着声音说，在开会。下午，我打电话过去，主任说：对不起，临时有事，现在在长丰……

郁闷了一下午，晚上我以很沉重但很客气的语气给他发了个短信，我说：主任，我也很忙，我都等了你四天了，后天我要去湖北讲学，你看明天可有时间？

晚上十一点，那边回了个短信：实在抱歉，许老师，明天上午你过来，我争取一定抽出时间来跟你碰面！

2月26日

上午直奔拆迁办，到产业园办公楼门口时我给主任打电话说：我到了，你在哪？那边说，我在外面，处理一件紧急的事情，这样，你先到副主任的办公室坐一会儿，先喝杯茶，我尽快早点回去。

一上楼，到处都是办公室，我也不知道哪间是副主任的。一问，说在开会，我厚着脸皮问道：我可以先在里面坐一会吗？一位女士问：你找主任有什么事情？我说：本来我跟你们主任约好的，他临时有事到外面去了，叫我先在副主任的办公室里坐一会儿。她很客气地给我泡了杯茶。

坐下，抽烟，一个小时过去了，又一个小时过去了，两个主任都没影儿。我只能依然百无聊赖地抽烟、喝茶，把半水瓶开水都喝完了。

十一点半，我给主任打电话，问他什么时候回来，他说：不好意思，实在不好意思，你再等我半个小时，这边的事情实在太棘手了！

只得等。

一位面容和善年龄约四十岁的男人喊我："喂，你是来找主任的吧？"我说："是啊。您是？""噢，我是副主任。""噢，是副主任吧，您看我，这……坐半天了，还不认识。"

副主任问我：拆迁赔偿问题是跟主任谈的吧？我说：是啊。他问怎么谈的呢？我说：还没谈到具体的层面上来呢。他说：那你这个问题我不好介入，你还是跟他谈吧……

十二点了，他们要去吃饭了，副主任要带我去食堂吃饭，我没去，谢过，说：我不饿（实际上肚子早就在叫了，为了赶时间我早饭都没吃），还是等主任来吧，他叫我等他的，说马上就到了。

十二点四十，我听到从楼梯道传来一阵急促的脚步声，心想：主任回来了！带着急切的心情，站起来，准备与上来的人握手，没想到急促的脚步声已经上了三楼。不是他！

十二点五十，主任终于驾到，虽姗姗来迟，但热情高涨。

哎呀，主任啊，见你一面还真不容易！

许老弟啊，真不好意思，让你久等，忙死掉了都，你不知道，我这哪是人过的日子啊！

怎么？

我说你可能不相信，我从去年下半年干这个主任以来，一天都没休息过，每天都连续工作十七八个小时，过年都在工地上。哪是人过的日子啊！你看，我这头发都白完了！

我一看，还真是，三个月未见，他确实添了不少华发。

走，去吃饭！

我请你。我说。

哎，我请你！怎么说也是你到我这儿来嘛！

调了辆SUV，开到附近的一家小饭馆，点了一个羊肉火锅、四个小菜、两瓶啤酒。两个人开始了一场有意思的谈话。

“老弟呀，可以这么说，拆迁办是最不好开展工作的单位。”主任举起酒杯，“来，敬你！”

“哎，主任，我敬你！敬你！”我赶紧举起酒杯跟他碰了一下。“拆迁问题，是当前中国最大的问题。不瞒老哥说，我现在正在创作一部小说，名字就叫《拆迁办主任》。”

“那老哥就向你诉诉苦。保证对你写作此书有帮助。”

“欢迎！我愿意做您最忠实的听众。”

“哎，有些话不向你们作家说向谁说呢？对你说过后，你把它写出来，也让更多的人了解到拆迁真实的情况。”

“是啊，这绝对没问题。”

“我以前在西安的一所高校当老师，后来因为老婆在这边，就想回来，你知道的，小两口长期分居两地，不太好啊。我以前是教无线电的，回来后在合肥的一个区公安局里搞监控设备的维护工作。那时干我们这行的人不多，局里领导觉得我干得不错，几年后就把我调到一个郊区当派出所所长。那个地方呢，以前黑社会太厉害了，人家买了地都不敢开工，你一开工，小痞子们就来闹事；要承揽工程，他们又没有施工资质，搞建筑又不负责任，谁敢把工程给他们做呢？但你不给他们做吧，他们就捣乱，今天来打人，明天来敲诈，总之让你做不成。我调过去之后，用了两年时间，把那些黑恶势力全部铲掉，该抓的抓、该罚的罚、该杀的杀，总算把那个地方整治好了。领导觉得我工作做得不错，说要将我升职。”

“那不是很不错嘛！”

“你听我说……”

大地

2月27日

终于狠下心回到金寨，先在古碑镇子上安顿下来，次日返黄王尖村查儿岭生产队老家。此次归隐暂定十五日，预计3月15日返合肥，我已向出版商承诺，这个月必须完稿……

2月28日

吃过中饭，爸爸骑摩托车把我送到老家查儿岭，爷爷奶奶听说我要回来住一个月，甚是高兴。一直在下小雨，带着两大包从街上超市刚买的一些水果、饼干和日用品，手酸溜溜地疼。总算到家了，我家在山顶上，温度比下面要低得多，树上都是冰溜，就是电视上经常说的晶莹剔透的树挂。

傍晚时爬上屋后的山顶，大雾弥漫，山上开满洁白的花朵，赏心悦目。只可惜雾太大，不能看得很远，但仅仅欣赏视线所及之处，已足以让人兴奋。这是我两年以来，第一次感到从未有过的清新和自由。以前每次回来待的时间都很短暂。每次匆匆而别，都有一种失落感和负罪感——有家不能归让我痛苦；爷爷奶奶一天比一天老，说不定哪天就会离我而去，我却不能留下来多陪陪他们……这次好了，我可以在家多待上几天。

正在赏雪感慨呢，手机突然响了，是恭小兵。

在老家啊？

是的呢。

在干吗？

正在山顶赏雪呢。

噢，怎么搞的？跟黄震闹矛盾了？

哪里，我回来写一个月小说，修修身养养性。

噢，那也好。《拆迁办主任》写了多少了啊？

才写几万字呢。

慢慢写，不急。

我急哈。

跟你说两个事情，第一呢，青年作家协会准备在5月4日左右召开主席团会议，这个你必须参加。

5月4日还早呢。

是的，先向你说下。第二呢，我们不是有个《青年作家》杂志吗，准备请你做执行主编。你看如何？

我看行。哈哈。不过千万别让我坐班。

这个，坐个屁的班啊，你每个月把稿子编编就可以啦。

那 OK，没问题。

好的，等你出山。

还有什么指示吗？

没了，好长时间没看到你，打电话问候你一下。对了，上次你叫吃饭我没去，你别往心里去。那次，你知道的，去的人有……

没事没事，我知道……

恭小兵是我的好兄弟。对了，他曾经写了篇比较牛的小说，叫《恭小兵是我的好兄弟》，我这里指的不是小说。以前我们吃住都在一起。他一直想跟我合作。去年有一次，他说叫我跟他一起开公司。我后来考虑了一下，没有同意。历史上，文人开公司的结果大半都是被公司给开了。能把公司开下去的，都或多或少会有一些问题。这是在所难免的，一旦开公司，你就得想着怎么运营下去，就得钻营，就得天天和钱打交道。和钱打交道的日子一久，人就难免会变质。我不想为了钱去做一些自己不想做或者我觉得很无趣的事情。虽然钱并不一定很臭，但也没那么香，尽管这个东西拥有再多你也不会觉得腻，但若仅仅把信念寄托在这个东西上，人与机器已经没有什么区别，因为其价值和优越性仅仅体现在量变并且永远停留在量变之上。

这并不是我自命清高。我只是为了活得自由、自我。我本等闲之辈，只能等闲，不能匆忙，首先得把生活的节奏慢下来，这样才能慢慢回归自我。我并没有什么宏图大志，不想发什么大财，写写书，拿拿稿酬，有家归、有钱花、有饭吃、有烟抽、有茶喝，说自己想说的话、干自己想干的事、写自己想写的东西，这就够了。

晚上写了一首诗，名字叫《大地山花》，这是我半年来所写的第一首诗歌。本来准备写一组，但最后只写了前半部分《大地》：

自记事起人们就这么叫/那时满山都是翠绿宝塔/只有雪才能将她们漂白/也只有冬天才配娶她们/为妻/ 或为妾/披洁白婚纱的妻妾成群飘来/项链/ 耳坠/ 头饰/ 戒指/ 一律纯白金打造/甚至连身体里的血/ 也是乳白色/数不清的杉树在大地野蛮生长/大地上行走的人/几乎从未见过真金白银/也从未结过婚

我所说的大地不是泛指/它是一个具体的/不能再具体的地方/查儿岭西南/ 老何家西北/一座面积一百多平方米的山场

谁给它起了个如此大的名字/豪壮的名字/ 如此不可一世的名字贯穿我整个少年/“到大地去！”/我20岁以前/ 听到最多的一句话/每当有村民经过我家门前/我们都会问/ 到哪儿去呀/“到大地去！”——他们总会爽快地回答/至于他们到大地去到底干什么/ 我们从不过问/有的人去偷树/ 有的人去偷人/有的人去挖地、挖药草/ 有的人去埋葬/有的人去哭丧/ 有的人去歌唱/

叫春的也有／叫魂的也有／有的人／去杀人／有的人／去死／……

他们什么时候回来／谁知道呢 ／我只知道有的人去了就再没回来／他们为什么不回来了／管他呢／现在的大地已变成茶叶梯田／再也没有一棵杉树／只有起雾时才勾起我无限遐想／那时大地像一把梯子／我日夜思念的父老乡亲啊／他们就是顺着这把梯子上了西天

老鼠刺

3月1日

傍晚正在跑步，想着如何规划老家附近闲置的山场，接到老秦的电话。

“兄弟，我在湖南卫视上看到你了，就是汪涵主持的那档节目。你这两年搞得不错。”

“一般一般，呵呵。”

“现在在哪儿呢？”

“在山上。”

“在金寨？”

“是的，休养生息一段时间，写写小说。”

“那你日子过得真滋润啊！对了，我准备新注册个公司，在上海注册，想了两百多个名字，都没通过，都是已经注册了的。你帮我想想吧，这方面我想你是专家。”

“这个我还真不在行呢。”

“你帮我想想，我这脑子都想坏掉了。”

……

名字还真不是那么好起的。我以前出版的几本书，每次都会因为名字的问题伤透脑筋。去年我的一部作品就是因为名字的问题，我跟出版社僵持不下，导致合同签订时间耽误了一个多月，最后不得已我不得不放弃自己最初的想法。名字起得不好，有时真悲剧。

晚上改写《拆迁办主任》的开头部分，这一改，整个前部分都得改。头疼……

3月2日

今日挖了大半天的树，是一种浑身包括叶子都是刺的四季常青的乔木，我们家土名字叫老鼠刺，学名不详。以前有的家庭没养猫，老鼠多，逢收粮食季节，就折老鼠刺几支，放在粮仓的底部和顶部，老鼠怕扎，就不敢上前偷吃粮食了。

我一直想在家门口附近多种植一些不同品种的树木花草，现在老爸积极响应我的号召，爷爷也来帮忙，他七十多岁了，干活比我和老爸还厉害得多，力气也大。今天收获颇丰，我们挖了二十多棵，其中五寸粗的不下十棵。

傍晚时分随老爸一起去镇上，到老妈那里去洗个澡。晚饭之前，老爸说带我去老廖家看古董。老廖家住在我家上面，老头专门在农村四处收购各种古玩钱币、玉器、瓷器和字画。进门一看，确实有不少宝贝，看中了几件，不知其真假，但凭直觉判断，应该还可以。我之前跟省城的不少藏家、玩家和贩子打过交道，对其略知一二。很想买两件，因为开价不低，又忍住了。凭我以前淘宝的经验，一般的你看上了什么，最好先装着什么也没看上，先吊吊卖家的胃口，等他再找你，价就好谈了。

吃过饭写了千余字的小说，实在太困，也许是白天挖树太累，哈欠连天，十二点左右便早早上床了。

不懂古董别装懂

3月3日

不到九点钟就起床了，正准备下楼，听见楼下传来老廖的声音，我就知道他一准会来。收藏古董或古旧书的，特别是职业玩家，除非特别有钱的，一般的都想把手上的东西卖一些出去，当然他们是可以赚钱的，主要是为了回笼资金，去收新发现的宝贝。

我跟老爸老妈一起去了他家，最后敲定了三样东西：一件蟠龙砚台，一个套件雕花黄铜笔筒，一副文伯仁的画《送将图》。三件东西都是明代的。砚台底部有章，标为大明宣德年制，但作者不详，做工不是很精细；笔筒底部有一定磨损，依稀可辨年代也为大明宣德年制造，工部官臣某某某监制，图案精细漂亮；文伯仁的画，看上去画法很精准，丝绸装裱，上有屋檐漏水的水渍，许是老屋拆迁，后人不知其所用，贱卖于老廖。经过简单的讨价还价，最后以并不是很高的价格成交了。老廖申明，若发现什么问题，可随时调换。这样我就放心了，管他真假，包换还怕什么呢。其他，诸如康熙年间的两具佛像，其实也值得收藏，但本人确实不是很懂得如何鉴定，暂且不买。况且这几样价值不菲，他一时半会儿也处理不掉，日后再买也不迟。

晚上短信与《美术教育研究》杂志的孔老师联系，问他文伯仁的画如何。答曰，明代画家，文征明的侄子，不错的。但其画伪作甚多，收藏需谨慎。我说，我已拿下，返合肥之日请你帮忙鉴定。孔老师满口答应，并客气地说希望一并读到我的佳作。惴惴之……

下午回老家，植树数株。

晚上，木鬼兄发来短信，问及近况，回复如下：

谨记兄之教诲，埋头苦写，寻心之自由……间或种地登山，是为闭门造车，也谓修身养性。虽清贫，然清净自在，利于思，利于己，利于人。

辛酸往事

3月4日

今日清理了一段道场边的水沟，把道场上的一些枯枝杂草搜集到一起，加上一些泥土，烧了一堆火粪。晚饭后，和爷爷奶奶谈论了一些生死问题。掐指一算，这几年我们生产队死了不少人，老的少的都有。有的死前见过，有的死前好几年我都没见过。小时候他们经常逗我玩，给我东西吃，哄我开心，现在却都已离开人世。世事难料，人生无常，生命何其短暂又何其脆弱？想到此便满心伤感。

聊及往事，爷爷奶奶颇为庆幸，说那几年他们都说自己不行了，活不了几年了（爷爷奶奶都曾重病），没想到都还在，现在身体都还健康。

我想起我上大二那年，爷爷重病，我连夜赶回来，到镇上已没有回家的车，又舍不得花钱包车（那时没钱），我徒步行走了十多公里路，到家已经是夜里九点多钟。爷爷看见我时哭得很伤心，我一看见他更伤心，面容焦黑，憔悴不堪，骨瘦如柴，哪里还像个人样啊！

那年春节，妈妈没有回来，在杭州一家餐馆里当勤杂工，每月七百元。爸爸带回来不多的钱都给爷爷付了医药费。我正月去合肥读书，走时爸爸没有给我生活费，我也没好意思问他要，我知道他身上没钱。身上还剩下不到一百元，到学校时就没钱了，只好问同学借了二百……

晚上写小说（《拆迁办主任》），刚刚进入状态，停电了，好生郁闷。重新看了半小时《KING KONG》的精彩片段，就睡了。

感冒与烧纸

3月5日

今天，爸爸妈妈都回来了，钜茶叶梯田。感冒几天没好，头隔三差五地疼，难过，无法写作。前天就有点感冒，我本来准备不打针不吃药，看看能否扛过去。

吃过中饭后，我找奶奶要了几刀烧纸，找出圆边方孔的钱模子，往烧纸上打了一些钱印，这样就算是纸钱了。昨晚我突然想到，我每年正月都会给大爷爷烧点纸钱，今年一直忙于创作，忘了这个事情。尽管大爷爷以前对我家不好，总是费尽心思加害于我家，在我很小的时候曾一度放言要干掉我，叫我家断子绝孙，弄得全家人心惶惶，但他毕竟已经去世了。我们老家有个规矩，不要跟死人过不去，也不要跟死人计较，不管他生前怎么样坏，只要人一死，所有的恩怨都一笔勾销。

是不是因为我今年没给他老人家烧纸钱，他老人家搪欺我？想到这，心里边有些许不安，不是因为我迷信，我也不相信这是真的，人都死了，尸体都腐烂了，还会对你有什么作用？但心理是个很奇怪的东西，有些事情你做习惯了，一旦突然不做了，就像缺失了什么，应该补上似的。

烧过纸钱之后，放了挂鞭炮，在他的坟茔前磕了几个头，心里的石头算是放下了一块。

天快黑时，妈妈叫我跟他们一起去镇子上，晚上用烧酒好好泡了个脚。继续写《拆迁办主任》，抽烟抽得很难过，但不抽吧又不行。每次感冒都会给我带来莫大的麻烦，我简直无法继续进行我的工作。睡觉之前我一般都不敢吃药，吃药之后很快就犯困，哈欠连天的甭说创作，看书都没法看。

两条短信

3月6日

回一个姑娘的短信：

居深山，雨中抑郁独行；观大雾，思汝之爱甚切；偶遇朴实劳作之民，睹其悠闲之状，钦羡至极。枯草乱树蓬生……吾非草芥，却常为之动容。而乡野之气与混沌之象，常纠缠吾身。混沌未开，天日何见？睹物思人，不觉已潸然泪下……问我至爱的姑娘安好！牵之、挂之、思之、念之……

发给黄震短信：

居深山，雨中抑郁独行；观大雾，思汝所言混沌；偶遇朴实劳作之民，睹其悠闲之状，枯草乱树蓬生……吾非草芥，却常为之动容。而乡野之气与混沌之象，常纠缠吾身。混沌未开，天日何见？睹物思人，不觉已潸然泪下……问兄安好！牵之、挂之。

以上两条短信为今日下午所发，内容稍有雷同，不是巧合，也绝非纯属虚构，情感是真实的，一条发给我最尊敬的兄长，一条发给了我的爱人。

中午，舅舅和几个姨娘来我家看我。舅舅一直对我投身写作表示担心，怕我太辛苦，又怕我赚不了多少钱，说是哪天我创作力枯竭了不好办。他建议我谋个公职考个公务员什么的，并帮忙搜集了大量的公务员招考信息，被我婉拒，一则那点工资我根本看不上，二则他还是不了解我，我从来就没想过当什么官。

傍晚时散步，寻小径入深山，微雨蒙蒙，大雾弥漫，所幸寻得佳境，景致甚好，引吭高歌数曲，山谷回音阵阵。本想多留些时日，见天色已晚，周遭无人，遂心生惧意，只好打道回府。

生日快乐

3月7日

零点十八分，我给我的姑娘发去短信：

祝贺你，我的宝贝，你又长大了一岁。看着你日渐成熟、丰腴、美丽，愚夫十分高兴，感谢上苍，让我们相遇、相识、相爱、相惜。每念及此，心中倍感温暖。万分抱歉，没在你身边陪伴你，一起迎接这个光荣的日子——你的二十六岁。无法预料，就是此日，我的另一半诞生了！此时我在思念你、祝福你……感谢你！心之所系，爱之所在，平平安安，年年有余。希望有生之年，每年的这个日子，我都会有这样的机会，如此祝福你，一直如此，永远如此。彼此是彼此的礼物，彼此是对彼此的馈赠。

——你的多余

零点二十分，我发去一条短信：

生日快乐！宝贝，刚刚收到我的短信了吗？我写了二十多分钟呢。

那边回复：

我爱你，大头，我很感动，谢谢！

零点二十四分，我发去一条短信：

从来没有如此想念你……我一个人在偷偷流泪……也很久没有发过这么长这么动情的短信。这算是我给你写的情书吗？（她一直抱怨我不给她写情书）

那边回复：

算！大头，意味深长。没有你被窝总是没那么温暖，饭也没那么可口，笑容也没那么灿烂……这一切都是因为你不在身边！我知道大头是最爱最疼我的。

零点三十六分，我又发去一条短信：

那就好！这条短信我已经在电脑上打出来了，我要把它抄写下来，送给你，这算是生日礼物吗？宝贝

那边回复：

嗯，算！绝对算！

零点三十八分，我发去最后一条短信：

谢谢！睡吧，宝贝，晚安！

那边回复：

你也早点睡吧，老公，你感冒了早点休息。

没有状态

昨晚睡得太晚，中午才起床，下午与妈妈闲聊，告之我明日要去响山寺一同学家喝喜酒，新郎新娘都是我关系不错的高中同学。我说准备自己骑摩托车去。妈妈不肯，说我车技不是非常好，算命说我这个月有小灾，叫爸爸明日送我。我明白她的好意，但稍有不快，因为她老担心我。我知道是她太爱我，心里总挂着我，虽然我已接近而立之年，在她看来还总是她的小孩，她还需要保护、爱护她心爱的儿子——想想也挺感动的。妈妈对我之爱我已无法书写、形容，这几日在镇子上的家里写书，她更是对我无微不至的关怀，简直就像是我的保姆。这么大了，还没有完全让她放下心，还让她替这个家庭操劳——真不应该。但我暂时又没有很好的办法，能够迅速解决掉一切，真纠结。

傍晚时骑着摩托车，准备练练车技，也好让妈妈放心。骑到街上时突发奇想——先沿着响山寺的公路走一遭，熟悉一下路况，没想到一骑就骑出老远，竟然到了我那同学家附近！打电话给他，我没去过他家，只知道他家在大庙附近。一问得知很容易找到，顺左边的水泥路，再走五百米左右就到了。到他家后，问候过他母亲，他爸爸早就去世了。封了五百元红包，没留下来吃饭，我必须在天黑之前赶回家，否则妈妈会担心的。

眼看天就要黑了，我赶紧加油门往回赶，一路上车不多，但我还是骑得很谨慎，时速控制在四十到五十公里之间，但在山区这个速度也不算慢了。快到古碑镇上时妈妈打来电话，问我在哪儿，我说快到家了。在街上时，姑娘打来电话，我一看人多，出于安全考虑，没接。

到家时已快六点。吃饭之前爸妈因为小事而争吵了几句，爸爸要小孩脾气不愿意吃妈妈做的饭，自己坚持下面吃，我劝了几次，他也不理……

晚上，想写小说，但根本找不到状态，找出一本以前的日记，我写的最厚的一本日记，基本记录了高一至高二上学期的学习和生活，看了几个小时，也算温习一下记忆。上次重庆出版集团邀请我写一部关于留守儿童题材的小说，我自己以前就是个留守儿童，把以前的生活状态复述一遍，那就是一部很好的小说了。名字我都已经想好，就叫《小秘密》。

敬告文艺青年

3月8日

今天一哥们儿发来短信：

祝您三八节快乐！

1. 虽然你不是女性，但属于女性用品。

2. 虽然你不是母亲，却让很多女士做了母亲。

3. 虽然你不是妇女，却让太多女孩变成了妇女，并得到了快乐。

4. 您作为全国妇女的床上用品也很辛苦。

所以，我在此真诚地祝您节日快乐。

不知道为什么，昨晚睡得很不踏实，一大早就被古碑中学的喇叭叫醒，还没有蒙一会儿，又被学生吵醒……吃过中饭，我骑车去街上的网吧上了两个小时的网，QQ 留言不少，基本一一回复；有几家杂志约稿，也一一予以回绝。说我在深山创作新小说，请谅解，日后有时间再说吧。

查看了一些邮件、博客留言、微博私信，该回复的也基本做了回复。有文学青年给我留言，说他创作了很多作品，但都出版不了，问我该怎么办。我回复说：你有两个选择，写，或者不写；然后该干什么干什么去，但首先得弄碗饭吃，先活下去再说。最好还要找个女朋友，不要太物质、太功利的，否则你养不起。我也有一些作品到现在都没出版，以前写的时候当然也很想能够出版，但后来就不那么着急了，该出版时自会出版。我大学毕业之后的前两年，基本上创作的激情没那么高涨了，因为创作根本养活不了自己和女朋友，于是我就找了份工作，边工作边写作。直到写作可以养活我时，我才辞去了工作。

有个女孩说很喜欢我的文字，谢谢，希望你能继续喜欢，我也会不断努力，争取能让你喜欢的时间更长久一些，并且希望你未来的女儿（儿子）还能够喜欢我。

还有个小小姑娘给我留言说，多余哥哥，听说你去深山创作了，一定很辛苦吧？我真想去照顾你……谢谢，但恕我暂时不能答应你。郁郁葱葱深山老林，干柴烈火很不安全，人都容易变成野兽，美女一旦遇到野兽，后果一般都不堪设想，何况都成了野兽。我怕过一段日子下来，我们再出来时就不再是我们两个人。再说，你还太小，还在读书，我不能耽误你功课，更不能诱拐刚成年或未成年少女，那是犯罪。真正若相见，说不定还不如想、不如念。我不能让你成为我的洛丽塔。

我对那些故事没有统治权

3月9日

每日写五千字确实很吃力，近来常感觉睡不好。以前白天从来不创作，现在白天也开始写了。晚上我把市委书记的发言写得很精彩，这里寄托着我的理想和期望，如果全中国的市委书记都如他这般刚正、智慧，相信这个国家不强大都不行。

对于市长，我本想把这个人物塑造得悲情一些，但暂时还没拿定主意。作为一市之长，也不能把他写得太情绪化，那样不太符合实际情况。而国土资源局局长这个未来的拆迁办主任、本书的灵魂人物，他的出场本身就带有戏剧性。一方面，他在贵城本来就有着强大的“后台”，他本来是顽固、保守、腐败的原有市政府老势力的“爪牙”，是他们的一颗棋子。他精明能干，八面玲珑，貌似好人，但内心又充满矛盾。当他受到市委书记和市长的重用后，一度发誓要干好工作，无奈有“前科”在身，他不得不妥协，这也将注定他以后的悲剧。这样一来，这个拆迁办主任的形象似乎更加丰满，他不是一个好人，但也绝对称不上是个十足的坏人，他有头脑、有想法，想清白、思上进，但身边的人偏偏不允许他那样做。当然，这是我现在的想法，至于他这个人到底如何定位，现在还不能完全确定。

有时，叙述会完全统治我的写作。余华曾说:“我对那些故事没有统治权，即便是我自己写下的故事，一旦写完，它就不再属于我，我只是被他们选中来完成这样的工作。因此，我作为一个作者，你作为一个读者，都是偶然。”真是说得太好了!

中午十一点多才睡醒，昨晚睡得很死，可能是太困了。

这几天太累，早上醒来浑身是汗，不知是虚的还是热的。今晚要注意了，要淡定，必须克制!下午洗了个澡后感觉一身轻松，心情舒畅，浑身有一股想飞的冲动。骑车顺着黄集村的水泥路往乌家河方向跑出很远。山路崎岖、狭窄，正好锻炼锻炼车技。经过一段时间有意识无意识的训练，现在骑车的技术好多了，基本达到了熟练的中等水平，骑一般的路没有任何问题。

沿途停下来好几次，欣赏陡峭的山上风景，野樱桃花含苞欲放，估计要不了多少天就要开了，到时我肯定还要去山上赏花的。乌河分上河、中河、下河三段，原来是三个生产队。这一带群山环绕，交通闭塞，地广人稀，仿佛世外桃源，河流清澈见底，偶见小鱼于清水中嬉戏，甚是悠闲。上河以后，已经不再有村村通的水泥路，而是石子土路，骑车的难度要大上许多，我还是在上面骑出不近的路程。原以为是一直通往青山镇的，后来向一乡亲打探，告之方向反了。不过就是改变方向，这边也没有能到青山镇的路，我本来也没准备去青山镇。问若继续往上走会到什么地方，答曰：再往前是袁术凹（音），再往前是莲花山。又往前骑了一段，路越来越差，时间已经是下午五点多，我把车停下来，走到大河里，河里全是石头，我想找找看有没有黄蜡石什么的玉石，找了半天没找到。只捡到两块小石头，一块像一只人脚，另一块像是什么矿石或陨石。在河堤的沙滩上发现一棵巨大的已经枯死倒下的老柳树，走近一看，发现树根处有一个老灵芝，赶紧采摘下来。

回去的时候，骑车的难度还是比较大的，老需要换挡，一会儿四档、一会儿三挡，有时还要二档，下坡时还要换空挡。由于换档过于频繁，摩托车一度出现了故障，还好很快就恢复了，吓了我一跳。

晚饭，妈妈烧了我很喜欢吃的菜，一条红烧窈窕鱼，一盘子熏肉炒野芹菜，野芹菜是爸爸在菜地边的小水沟里挖的。

吃过晚饭后，我要开始“上班”了。

暧昧的对话

3月10日

凌晨一点，我在修改宫长章与程媛媛的对话，这是我最满意的人物对话之一。我愈发对这部小说充满信心。忍了五年没有操刀新的长篇小说，现在写起来，跟几年前的感觉明显不同了，对比了一下以前的作品和现在的作品，现在的语言明显要比以前纯熟许多。那些暧昧的对话把我自己都打动了。

程媛媛是我本书中重点刻画的人物之一，如果说本书中有“女一号”，绝对非她莫属。她是个为达到自己目的而不择手段的“女强人”，尽管她本质上并不坏，温文尔雅的外表下面，还有颇有诗意的灵魂，但这个时代不允许一个安分的好女人成功。男人有钱就变坏，女人变坏就有钱。这几乎成了铁一般的定律。

可以说，“程媛媛”已经成为一种比较普遍的现象。这样无所不能的女人，在每个城市几乎都有那么几个，她们基本都是黑白通吃、呼风唤雨的富姐。前不久我跟夏总闲聊，谈及最近落马的女富豪李薇，这个被誉为“公共情人”跟一大批高管有裙带关系的风云人物，现在看来，她长相一般，只能算是一般，一点也不出众（可能年轻的时候倾国倾城），为什么那么多高官都喜欢她？你想一下，一个从越南逃到中国的难民，能够成如此大的气候，绝非等闲之辈。

但我不忍心把一个本性善良的美丽女人写的那么不堪入目，所以我又在她的身上倾注了某种浪漫主义和理想主义的侠骨柔情。她用尽手段，从吴昌盛和刘一首他们身上套不干不净的钱，却又把一些钱送给弱势群体的拆迁户用作抗拆资金。她对宫长章这样说：“我一直一厢情愿地认为，我们交的是诗。诗是一个时代的灵魂，所以，我们交的是灵魂。……你这人真没劲！不喜欢妹妹了是吧？我老了是吧？不好看了是吧……你还记得当年我们认识的时候吗？那天晚上，我成了女人，我的心为你而碎。有那么一段时间，我觉得，我是为你而生的。而你，却差点为我而死……”

删除部分Ⅰ：一篇小学生作文

3月18日

元月十五日，贵城召开了建市以来第一次城市规划听证会，本次会议由市长孙启胜亲自主持，会议邀请了贵城各个阶层的代表作建议性发言，新任拆迁办主任刘一首做总结发言，吴昌盛等市委常委、市规划局、城建局、市容局、公安局等各个局的局长列席参加。会议选择在市体育馆露天召开，两千多名市民参与旁听，规模空前，远远超过以往的政协会议和人大会议。

贵城一中离退休老校长曹正和作家宫长章做了精心的准备，发言尤其精彩，说出了市民们的心声，博得经久不息的掌声。

曹校长说，我今天来主要是给大家朗读一篇学生作文，这篇作文是一个小学生写的，叫什么名字我记不清楚了，是我在外地教书的女儿去年带回来给我看的。她问我该怎么打分，我看过后也感觉很茫然，今天在这儿读给各位领导和大家听一听，你们也说说，这篇作文该打多少分。作文的名字叫《参观烈士纪念馆有感》。内容如下：

今天，老师带领我们到烈士纪念馆参观，使我很受感动。那些革命烈士，为了革命，不怕严刑拷打，不怕枪林弹雨，为了穷人的解放，献出了自己宝贵的生命。我要向他们学习，做革命的接班人，长大为人民服务。

我热爱那些为了穷人打天下的烈士，我痛恨那些资本家反动派。听爷爷说，刚解放那会，日子虽然苦，但那时当官的一心为老百姓，不像现在，到处是贪污犯。我对爷爷说，我长大了就专门抓贪官，给他们灌辣椒水、上老虎凳，叫他们把贪污的钱交出来，分给穷人。我们家也是穷人，爸爸妈妈都下岗了。爸爸每天去蹬三轮车，还经常被城管赶来赶去，有一次被城市管理队没收了车，爸爸整整哭了一夜。我劝爸爸说，等我长大了，就号召我们班同学专门打城管，吊在树上打，拿皮带抽，看他们还敢猖狂不？妈妈对我最好了，她身体不好，没钱治病，却什么好吃的都留给我，我让她吃，她总是说不饿。

我小时候最喜欢在姥姥家玩，那里有一个小院子，虽然很破旧，但邻里关系很好，那些爷爷奶奶都喜欢我，说我又调皮又聪明，长大能当一个将军。院子里有一棵枣树，每到秋天，我就上去摘枣吃。可是，前年那里拆迁，房子全推倒了，姥爷姥姥还有其他的爷爷奶奶，很多买不起郊区的大房子，只好租一间小房子住。那里盖起了高楼，成了繁华的商场，挣了很多钱。我不明白，为什么姥姥要住小房子，他们却能挣大钱。我不喜欢那个高楼，我心里对姥姥说，我长大了，要开个飞机把他撞翻，重新给您盖个四合院，栽上枣树、石榴树。

老师经常教育我们要好好学习，我一定听老师的话，把学习搞好，长大当一个发明家。我要发明一种武器，能认出好人坏人，发射的子弹能一直追着坏人打，把他的屁股打个洞。

我喜欢枪，我最喜欢的枪是AK47，我长大了，就用这种枪去打敌人，我一定不怕牺牲，我一定能胜利的，那些烈士就是我的榜样。

曹正老校长读完了，下面鸦雀无声，紧接着是雷鸣般的掌声。

钓而无鱼

3月27日

若按原先的进度，这个小说现在应该完成至少一半了，前不久跟出版商又碰了三次面，帮这个小说砍掉三万多字，砍得心都滴血，实在心疼，但又没办法。

一晃两周过去了，在合肥待着、时间就是容易耗，过得太快。两周基本没有写多少新的内容。

前天下午，毅然决定回山里。跑到火车站，准备买动车票，居然没有，赶上周末，人比平时多，我两点到的车站，说需等到四点多才有。一怒之下跑到临近的旅游汽车站，买了客车票，但客车慢得要死，到梅山就花了三个多小时，转车到家，已经是六点多了。

路上满山都是盛开的樱花，像是正在下雪，甚是赏心悦目，心情好了许多。

近两天一直在读书，大都是一些官场小说，确实他们写得都很好。我没在政府部门干过，虽接触过不少官员，但对官场的一些常识和语言了解的并不详尽，这两天算是恶补。前天从晚上八点一直看到早晨七点，连续读书接近十二个小时。我很久没有这样读书了，收获当然是有的。

昨天没有写出多少内容，在思考小说的结构。晚上我家姑娘电话突然关机，晚上十二点多还是打不通电话，焦急，后终于打通，说是刚刚手机没电了，郁闷……

今天中午才起床，下午本来准备去爬山赏樱花的，爸爸提议去钓鱼，刚好自己也挺想去钓的，就去了。半天，收获不大，只钓了四条半大的鲫鱼，但过程是很放松、很快乐的。

牵强附会

3月29日

爬山，迷路，流连忘返。

4月1日

愚人节，古董问题。

4月3日

下午，我家姑娘前来慰问。

欢欢喜喜，免不了一番云雨。

4月4日

一早起来，带她到天堂寨去玩。我们这里就天堂寨比较有名，素有谚语“上有天堂，下有苏杭”。苏杭是苏州和杭州，天堂是不是指天堂寨我就不清楚了，多少与点牵强附会。

4月5日

回古碑。

4月9日

老大来了。

4月10日

再去天堂寨。

4月11日

去合肥。

4月12日

去工作室。

4月13日

取稿费　回金寨

4月14日

登山　采兰花

4月15日

买茶　天舟电话

4月16日

喝新茶。

4月17日

昨天状态很好，写了一整天，修改了不少内容。

4月18日

没休息好。电话邀请做电视节目，老大玉哥说过来。上网，给出版社的朋友邮寄新茶。

4月22日

去几个小学了解情况，开展公益调查，准备组建许多余图书馆；回老家。

4月23日

接卫视电话、出版商电话……

4月24日

25日　陪第一时间记者登山。老大和虎哥来探班。

26日　“第一时间”拍写作生活，谈五四精神。

27日　返回合肥。下午配合“第一时间”寻找黄桥小学的学生。

28日　在家休息、会客、写作。

29日　去工作室

30日　看电器

5月1日

看装修材料

5月2日

写作

5月3日

写作。出版社询问《小秘密》何时完稿。

5月4日

谈稿费支付时间的问题。“第一时间”专访播出。

5月5日

完成《拆迁办主任》初稿。

第四辑

chapter 4

词语的暴力

非礼

若不是前世罪虐深重，你不会施舍，学劳模移花接木，播种泥土搓成的种子，树立个辛勤的榜样。

总之，你做了个诗人。

哪片天空破了个洞，冷冻的岩浆犹豫着，从地壳里跳出，舞姿摆得酷毙了。

你会在憧憬中习惯，糊一些纸灯笼，把两只眼睛抠出，排作两行。

你已经习惯分行——像吸惯了大麻，瘾来了，躺下身，掂起烟枪。

这过程是伤害？自残？

是死亡的享受，坐化前的晕菜，寻花问柳后的自责。

书架，梯田，上升或下滑的楼梯，一只只鬼影，一排排牙齿，并拢的手指——诗歌的原始形状，来源于本身的慵懒。

简单，再简单——以至于独自霸占的空间里，再没有任何字眼。

手握镰刀，你把自己的历程收割得粉碎。铺在路上，扎行人的脚，直到你的血液喷涌而出，那路才被粉饰太平。

直到没有任何怨言，直到你打寒颤时，牙床相互碰撞，发出脆弱的声响——

你真的把你的生命托付给她了吗?

唯一的米缸里，希望，剥了皮的种子，发芽，长满一地整齐的庄稼。

拿你可贵的人格，做担保吧！——

可是，你——不——敢！

你，仅仅玩过游戏，仅仅牵过她的手，仅仅拥着她睡过觉，仅仅把微笑以麻木替代，然后，还原成一种机械的行为。

然后，像个打架吃了亏的孩子，一样，滚，爬。抱着自己母亲的双脚，喊，“妈……”

紧紧跺脚，流泪目送，从身体里抽离的灵魂，无辜夭折。

原作写于2005年7月14日

有关茶香的记忆

三月本属于兰花的季节，在一片浓郁的馨香里，回忆？如杂草般蔓延。

其实，那时回忆是违心的多余，只听着鸟儿们啼笑姻缘就已足够，但思绪早已信马由缰了。

只记得那时我还很小，母亲在茶地里卖命地采茶，我和小妹却在一旁偷懒，在茶稞里捉迷藏。

对于茶叶原始的香味，应该从立春算起，白雪开始融化的刹那，茶尖也渐渐挣脱温暖的小巢，乍暖还寒的日子里，它们探出了头，向尘世宣布着希望的诞生。那声音如雪崩般清脆。

采茶归来的姑娘们唱起了茶歌，她们带来了小伙子们的欢笑，也留给我关于茶叶最初的音乐。那时喝茶是不需要音乐的，也不需要什么雅舍，随身携带的都是茶，我们可以边走边喝。

扑面而来的是飘香十里的兰花。我们争着抢着鼻子去闻，仅凭嗅觉去感知命运的方向。

后来发现，那香味是从阿猫的茶篮里传出来的，我们又一起去追着抢那支花，还偷偷地在她的篮子里放一把石子。

有关茶香的记忆还有很多。比如，爷爷总是起得很早，去很远的地方卖茶，有一次他的茶钱被小偷偷了，只在门外抹着眼泪。有一次爸爸提着满篮子回来，他说价格太低没卖——我们都骂他——因为，过一天价格更低。还有一次我采茶的时候不小心抓住一条蛇，我吓得好几天不敢进茶地……

如今，我天天喝着带有很浓漂白粉味的白开水，有关茶香的记忆便几乎杳无音信了。有时很担心就这样失去了那些很重要的东西，便跑到很远的市区茶馆里喝茶，一坐就是老半天。可有关茶香的记忆却愈发遥远。

茶馆里的浮华与造作总让人忘乎所以，这让一个在茶香里泡大的孩子无所适从。

终于有一次母亲来看我时带来一包茶叶，迫不及待地泡上一杯，闭上眼睛，用嗅觉去抚摩母亲白了的双鬓。那份失而复得的记忆又萦绕心头——耳畔又响起那些关于茶叶的最初的音乐……

记忆中的小妹总是很调皮，藏在茶篮里的那支兰花早就枯萎了，而我只记得它盛开时的样子，那香味和茶叶的味道竟如此得相似，就像每个人的天真年少懵懂无知。

茶杯里潺出来的香气使人宁静。

宁静地在我面前铺开一幅画卷。

画卷很单纯。

单纯的，像一枚茶叶。

一座山，一片茶地，一条溪涧……

除此之外，便再也没有什么值得深思的了。

一切复杂的都只能是背景。

背景里，还有除山歌以外的声音——

风吹绿叶，小溪流水，鸟落枝头，蝉鸣，蛙叫，狗吠。

茶叶在铁锅里翻滚成一首打击乐。

而我们走路的声音，是其中最悦耳的旋律。

父亲和我们的村庄

我们的村庄犹如一把利刃，时刻有刺穿我生命的危险，但我情愿回忆，情愿沉醉，情愿自己一次一次被记忆戳伤。我一遍一遍一点一滴回忆，我想让那些温情在我的灵魂深处再多停留哪怕一秒——这样幸福的滋味就会大片大片蔓延。

平静的草地上凉风乍起，无须什么过多的言语。我知道，我已麻木太久。而根治麻木最好的药方莫过于死心塌地的回忆了，行走在这个没有什么感情的城市中，时刻有种虚脱的感觉，许多时候目的并不明确，但却是迫切的需要，它们总是想方设法地牵制着我。

也总有一种错觉，自己已经被那个可爱的静谧的村庄给抛弃了，被那些亲爱的人遗忘了。也许，也许他们只记住了有个叫亮亮的一米多高的沉默寡言的小男孩，他瘦小的身影如一阵风般急驰而过，随口撒下不成曲调的音符，空旷而寂静的山村里溪水呜咽，炊烟四起，他带着自己的千军万马，指点着不属于自己的江山……颤巍巍地去了。

而我将去向何方呢?

路很多、很长。杂乱无章，漫无边际。路像一条条麻绳，栓在我的鼻子上，把我从宁静的山村牵进一个个陌生的城市。

迷惘过，彷徨过，错乱过。

每当我感觉迷失的时候，便总想起我们的村庄和父亲。

我在这里祈求您——父亲，原谅我，原谅我曾经的固执和无知，原谅我一次次的不辞而别，把我们的村庄像愿望一样紧紧包裹在梦中无情地带走，留下孤独的你独自在田野里无声无息地和老牛一起耕织。原谅我把你的话当耳边风置若罔闻，原谅我一直以来漠视你那粗糙而温暖的手掌，原谅我不能理解你日渐蹒跚的脚步……我深深地记着那个牛棚，零晨四点的山村冒着潮湿的热气，电闪雷鸣，你背一个麻布口袋，我像一条狗一样忠实地跟在你的身后。你将带我去一个城市，妈妈和妹妹都在那里。忽然下起了大雨，你把我抱进那个牛棚里避雨，臭烘烘的牛粪就在我们的脚下，把我们紧紧包围在中间，苍蝇、蚊虫静卧在茅草顶和死杉树上，它们在思考着关于一个夏天里最为隐秘的故事。我提着鼻子，轻轻地闻着。

你问我，味道怎么样?

我说，香。

我也深深地记着那个多灾多乱的伏旱，日幕西沉，百虫吟叫，繁星点点，宽广的大地拖着疲惫的身影隐藏进冰凉的溪涧和山洞中。雷声来了，它们不语；闪电来了，它们不语。一旦雷声和闪电都不来，它们便开始长久地咆哮，把无限的怒气发泄在我们的村庄上，田野里，让庄稼枯死，房屋闷热，人畜不得安宁。

晚饭过后，我们一起泡一壶茶，灌进一个高粱酒瓶子里，你叫我带上它，然后拎着两个塑料盆朝一个叫团田的山沟里走去。我还是像条狗一样，紧紧地跟在你身后。我们穿过干燥的草丛，不停地用手拨开萤火虫以扫清视线的障碍，找个合适的下脚的地方。

一条条蛇在我们的土地里呲呲地游动，间或爬过我的脚尖、脚背和脚踝。我们没有一丝紧张、惊慌、大惊小怪。

然后我们脱光衣服跳进那条小河里，你拿大盆，我拿小盆，一盆一盆地把河水挖起，朝头顶上龟裂的水稻田里泼去。你一盆我一盆，哗哗啦啦的响声回荡在整个山谷。渴了，就喝我胳肢窝夹来的茶；累了，我们就倒进河里，让清凉的水给我们来个全身按摩。

整个山村都在呼啦呼啦地流着汗，我的心累得怦怦乱跳，我仰面朝天地躺在草丛里，父亲则不停地用脚蹬着地——他在为我驱赶一些毒蛇和害虫。

忽然，他大叫一声：蛇！

我骨碌一下跳起来，在哪里？

跑了。

说罢，他一把抱起我，朝着那片跳跃的光亮走去，我趴在他的身上，死死扣住他的脖子，我看见我们的村庄忽然间苏醒了过来，它长出双腿和翅膀，像个巨兽一样正匍匐潜行，时光在汩汩地流淌，而我的眼神却越来越缥缈、越来越游移甚至琢磨不定，我感觉自己正从那个巨兽的脊背上滑落，我挣扎着，但无能为力，我就要像一块石头一样落地无声。

风化的庭院

金寨是著名的革命老区，也是全国第二大将军县，在全省一直占有重要地位。这里丛林茂密，地势险恶，相对封闭的交通使得这里的人民生活相对闭塞，因此受外界的干扰相对较少。此次我选择金寨县古碑镇的何家大院进行深入走访，受访的对象是与这个大院相依为命的几位老人，从他们质朴的口述中，我们可以看到该院几百年来随历史风云的变化。从抗日战争时期老区人英勇的气概到改革开放后几代人思想的矛盾冲突，他们的骄傲和血性伴随着商业化的现代生活，已隐约出现些许沉寂，这种油然而生的失落感随着一些古老庭院的风化、破败，已日趋强烈。

——题记

看过《大宅门》的人都不会对那里的豪华庭院没有印象。之所以把人物放进庭院的不同角落，让其交谈、独白、遐思、争吵或者争执、打斗，除了导演和摄像选取镜头的需要，更是演员表达各种内心活动所必不可少的旁托。伟大的哲学家马克思曾经说过，如果不把人放进社会中，人就不能称之为人。这虽然是从社会功能学的角度来说的，但对于一切演员来说却又都貌离神合。试想一下，如果不把演员放进特定的情景或情境中，而只让他们随意大喊大叫，观众一定以为那是一群疯子。

这里说的庭院是革命老区金寨乡村的庭院，它们虽不像电视电影里古代庭院那般气派奢华，却也丝毫不逊它们的繁杂和庄严。

郁郁葱葱山林掩映，叮叮咚咚绿水环绕，间或三两片竹林随风起伏，行人的脚步啪嗒啪嗒地打在经年的石阶上，人未到而声先至。躺在何家大院两尊石狮子中间的那只大黄狗已经开始亲热地打招呼，并提醒它的主人们——有客人自远方来了。

其实，我并不能算是他们的客人，顶多只能算是一位不速之客。但邵奶奶还是早早地把头从那扇破旧的大木门里探了出来，老远就笑眯眯地用革命老区人民特有的亲切口吻打探道：“哪儿来的——稀客呀？！”她的意思是问我，是从哪里来？何方贵客？我赶紧答复，我是某某，我爹叫某某，我是某某某的孙子。我是来玩儿的。这里必须交代一下我这样回答的原因：我之所以报过自己的名字之后报爸爸和爷爷的名字，是为了让她知道我是谁，我们家离这并不远，这样容易拉近我们之间的距离，而不至于使得我们之间的交流产生障碍。老区金寨人的家族观念重，戒备心强，但是很豪迈、很好客，只要你说来玩儿的，不管你是什么人，跟他家有无关系，一般来说，他们都是欢迎的。

一番寒暄之后，邵奶奶叫我进她家屋里去坐。穿过迂回曲折的巷廊，拐了好几个弯，又跨了好几个门，这才算来到了这栋庭院的正堂屋。黄奶奶家住在这个庭院的东边，我们是从侧边的西门进来的。邵奶奶说她刚刚送走了一个前来串门的亲戚，正准备回去，恰好听见狗叫就见我来了。

这堂屋虽已经年久失修，显现出几分破旧，但依然可以看出当年的宏伟和精致。合抱粗的方木横卧在两座高大的山墙上，不计其数的圆木南北贯穿，正对门是一面巨大的屏风，主题构图以龙凤呈祥为主，偶有梅荷兰竹点缀，喜鹊衔枝筑巢，金鱼结伴而游，好一幅巧夺天工的宏篇巨雕！一人多高，两丈多长的条几上摆满了各式各样的香炉，有的灰烬漫溢，有的香烟缭绕；粗细不一、红白相间的蜡烛一字排开，争相辉映。正中间悬挂着庄严肃穆的“家神爷”，“天地国亲师位”几个大字遒劲有力，而左边“何氏宗祖”四个小字也是笔法精准、柔韧有余。

何家大爷爷正在后院的空地上劈柴，看见我来了，他把举在半空的斧子放了下来，轻轻地砍进木筒子里。我朝他打招呼，他不予理睬。我不知怎么回事，一时有些惊愕。他看也不看我，朝地上狠狠地吐了口吐沫。“又是来买祠堂的吧？告诉你，门儿都没有！上次有人出二十万我都没卖。别以为有几个臭钱就了不起！别看我这破宅子，给我一百万我都不会卖！反正我老了，要那么多钱有啥子用？想当年，老子搞革命时，捡到一只破袜子，我都上交给公家了呢！我是那么贪财的人吗？……”

“死老头子，又来了！人家是某某某的小孙子，来我家玩儿呢。”

听邵奶奶这么一说，他才算停止了他的牢骚。我走上前去递给他一支香烟，这回他倒显得有些不好意思起来。不过只约摸过了五秒钟时间，他便回过神来，急忙吩咐邵奶奶去屋里倒茶水，他则迅速地跑到厢房里掂来一个凳子，让我坐他旁边，于是我们就其乐融融地拉起家常来。

据何大爷说，这何家祠堂（大院）始建于明末清初，占地方圆五亩，有正房和厢房共计两百余间。宅子的主人何世祖是当时当地的显贵，曾经和朱元璋一起打过天下（有些夸张，可能是参加过某次农民起义），声名显赫。后来日本鬼子打进大别山，此宅子里先后住进来一些革命前辈（据说徐向前元帅都曾经住过），后来有汉奸通风报信，被日本鬼子察觉，在一个深夜突然来袭击扫荡，可是英勇机智的革命军早已听到风声并神不知鬼不觉地于前一天傍晚转移。日本鬼子扑了个空，一怒之下一把火烧了何家大院。

说到这儿，何大爷眼圈有些发红，他深深地吸了口烟接着说：我们都在前一天跟随大部队转移了，可我那八十多岁的奶奶死活就是不肯走，誓死要与这老宅子共存亡，到后来她老人家就葬身火海了。对了，我记得当时留在宅子里的还有一只大黑狗和一只小花猫……

新中国成立后先是人民公社，大集体，到了20世纪七八十年代，何大爷召集了所有族姓亲支，集资重建了何家大院。虽然比不上先前的规模，但毕竟算是了却了何老的一桩心愿。何大爷说，那时的人虽然穷，但很团结，集体和家族的事情谁也不推脱，有钱的出钱，没钱的出力，不出四个月，硬是把这大宅子给垒了起来。

一开始大家都住一起，几十户子呀！可热闹啦！可是渐渐地人们就开始分散了，先是有一两户搬走了，接着几户几户地搬，到后来年轻的都到外面去闯世界去了，不是在外面的大城市就是在县城梅山安了家，再差一点的，也搬到镇子上做小生意去了，现在这里就住着我们一帮老弱病残。

我们谈兴正浓的时候来了个何二爷，他也住在这里。何二爷家有三个儿子两个女儿，大儿子上完大学后留在上海工作，二儿子当兵留在部队，小儿子也一直在外面打工。何二爷说以前是女大不中留，现在儿大也不中留。他现在最担心的是这个大院以后的归宿问题。为此，他们几个老人曾经把后辈们都召集在一起开了个家庭大会，想让后辈们拿出一些钱来把房子好好维修维修，但令他们失望的是，那么多后人中竟然没有一个人愿意出钱；更令人可恨的是，竟有几个侄子女提出来要低价卖掉这栋老宅子……

何大爷说现在他们年事已高，根本不知道死活在哪一天，这庭院的瓦每年都有一些破损，现在仅检瓦换瓦他们几个老人每年都得忙上个把月，到他们老得忙不动了，这老宅子怎么办？这宅子一年不换瓦都不行，哪天只要一阵大雨，就有坍塌的危险！何大爷说他现在已经是力不从心了，又患有高血压，一爬高头就发晕。

时值中午，我起身欲作别，几位老人百般挽留要我在他们家吃中饭，但我还是态度坚决地走了，我不愿意给他们添麻烦。虽然儿孙满堂，但除了春节时他们回来一下，平时很少有人回来，这原本的家现在倒成了他们的驿站，他们也成了这老院子的客人，总是来去匆匆。几位老人对我这个陌生人都如此这般挽留，盛情之下足见他们的孤独。

临别时，何大爷说出这样一番话来："现在的人啊，说不好，含辛茹苦地把他们拉扯大了，翅膀一硬就往外面飞，生活一好就忘了本，钱挣得越多越吝啬，你说现在哪个拿不出三两百块钱呢？志气有了豪情却没了，一点亏都不能吃，这是为什么呢？打小也都教育的挺好啊……"

我在何大爷的喋喋不休中迈开了沉重的步伐。刚走出约十步开外，何大爷突然大声地喊我的名字。我回过头去，只听见他从口里缓缓地吐出两个字，外加一个儿化音：慢走——啊。此时阳光从东南方斜射过来，何大爷的身影刚好投影在大院斑驳的墙面上，显得异常狭长和瘦弱。

走在曲折的山路上，我在想这个庭院里的几代人，他们的面孔、他们的思想，对于我来说一样都是无从捉摸。老一辈有着革命战士的豪情，他们往往会以牺牲自己为代价，来换取属于自己或者儿孙后代的光荣。他们当然无法理解生活在别处的后辈，他们无法看出风尘仆仆归来的游子们骄傲的笑容背后，到底隐藏着多少艰辛和艰难。相对于先辈来说，后辈们是自我和自私的。常年在外背井离乡的年轻后生，更无法想象，至今仍厮守在破旧的老宅院死活不肯离开的父母爷奶，一个个深夜，他们只能和破旧的庭院交谈。每年短暂的团聚对于老人们来说也只不过是一次例行的伤害。杯盏交织的狂欢之后，留给他们的将是腐朽和阴暗的巨大空虚。而岁月依旧残酷无情地风化他们的身体以及与之相依为命的庭院。日复一日，年复一年，除了孤独和回忆，他们几乎一无所有。

思想战役

一

一座高山矗立在面前，庄严、肃穆。他伟岸的身躯宛如一声叹息，缓慢而悠长。我听见清脆的叮咚声和浑浊的哗哗声。左边的女子哼一曲民歌，右边的男人吼一首摇滚。一个嗓音明亮，一个声音低沉。不论是黑暗的鞭策还是黎明的召唤，他们始终不动声色，唱而不和，亘古对峙。流水长久对着冰冷的岩石歌唱，他沉没不语，他不卑不亢。

喧嚣而宁静，狂躁而镇定。这就是高山上的流水。你无法明白她为何流得那般湍急，也无从知晓她为何落得如此清澈，不染纤尘。淫荡的花朵带着几分挑逗从枝头一跃而下，钻进她的怀抱。参透一切的流水从来不为之所动而只将其付诸东流。当落叶打着旋涡从山顶上盘旋而下，她缓缓地伸出手，接住，扔掉，这细小的过程便已是一叶知秋。

生命在黏稠的土地里膨胀、生根、发芽，光天化日之下命运瞬间霉变，衍生成一曲晦涩的交响。我依然甘愿做一个指挥者，哪怕所有的演奏者都死去——我将指挥我自己。

他不停地挥霍时光、生命、力、欲望。这些与生俱来的，从哪里来就该回到哪里去。

我崇拜这高山上的流水，她正直，叛逆，她善良；她愤怒，柔情，她清醒；她敢怒，敢言，她自由；她热情，淡泊，她和平。

居住在此，你是他们的客人，没人把你当客人，你是他们的陌生人。当霜打在焦灼的脸上，玻璃窗遍体冰花，双眼开始逃亡，怀疑一切。你看看他们！你看看他们！一双双目光忽闪回避着，那上面都覆着厚厚的雪。

二

我是你生命中的不速之客，冒然闯进你的轨迹，胁迫着你走一段陌生的征程。

一道道森严的人的壁垒将我障碍、隔离、囚禁。我是孤独的行人，花花世界与我何干？我是独来独往我行我素身怀绝技的侠客，路见不平拔刀相助，除暴安良。

顽固的思想的毒瘤，老谋深算的意识的恶霸，欺软怕硬的艺术的叛徒，我已经摆好擂台，只等你们来一决雌雄。

我是高山，我身体里澎湃的流水，川流不息。

战无不胜的英雄，孤独求败。

三

孤独的侠士驰骋四野，目吞八荒。

前无古人，后无来者，他孤零零地行于天地之间。

这最后一场战役，敌人异常狡猾，形势十分严峻。敌人从未现身，又随时会出现。敌人认识他，他却认不清敌人。

思想已经脱节，一如这高山流水，前仆的已奔流到海，后继的还没有接到行动的指令。

愤怒的侠士暴跳如雷，他撕开胸膛，还是听不见心跳的声音。

四

改良？革命？

奋斗？消沉？

双臂已发麻，四肢已乏力，孤独的侠士奄奄一息。

原野辽阔，一曲悲歌。

五

强之风兮奈我何？乘风破浪趟大河。
暴之雨兮随我意，酣畅淋漓好沐浴。
毒之光兮乱我眼，揭之黑暗露阴险。
响之雷兮轰我耳，张口吟之亮嗓门！
惨白之雪兮欲盖弥彰，裁成白衣送医生。
寒之霜兮焚吾身，投之火以变甘霖。
纷繁之小径兮乱我行，展翅翱翔兮驾雾腾云。
现如今敌人何在兮？惶惶然难见其身。

六

侠士侠士你莫哀，白首不妒少年白。
侠士侠士你莫恨，哪有将军能长胜？
侠士侠士你莫叹，人生喜忧各参半。
侠士侠士你莫喜，最大的敌人是自己。

七

我从枯草丛堆里翻身而起，这美妙的天籁是上帝的天启。我要将这场战斗进行到底。

八

推翻了别人却难以推翻自己，这是政治，也是民间，适用于生活，也适用于艺术。

杀死别人不如拯救自己，这是佛经，也是基督教义。

我的命运始终握在别人手里，我是主角却不是导演。我只是自己命运的播音员，潜台词早被别人写好。

我的生活始终被别人干预，他们总是指指点点，像高山上阴险的沟槽，将纯洁的流水拽进预设的圈套奸污。

我的思想也一直被别人控制，总有人对我横加指责，正如愚蠢的堤坝，将奔腾的流水押进监狱，并要其改造思想。

渴望与自己对决。

胜负已分。

我成了自己的战利品，然而我不知道谁会接受我的馈赠。

闪亮的瞬间

我对她说我要走了。她没有说话，表情安详。好像我只是嘟了嘟嘴，像婴儿般做了个滑稽可爱的动作，好像我永远都走不出她温暖的心房。

我又对她说我要走了……

“噢……”

她好像一下子从睡梦中惊醒。

“行李收拾好了吗？……这才几天呀……又要走了嘛……”

然后我们彼此谁都没有说话。她帮我提着大包小包，我空着两手。

她——是我的母亲。

“一路小心呀——”

这是我在车上听到她的最后一句话。她还在说着什么，而我只听见汽车的轰鸣声。

“在和你的生命告别的时候，你只需要向世界挥一挥手……”忽然想起了这么一句话，但我已经记不清是谁说的了。

母亲给了我生命，她理所当然的是我生命中最重要的部分，可是向她告别的时候，我却没有挥手，我忘记了。

“亮，你又瘦了。”

每次回家，母亲总会摸着我的脸，这样对我说。

“妈，您又老了……”

每次我都有这样的感觉，可我每次都没敢说。代替这个寒颤的是违心的奉承——

“妈，您又年轻漂亮了……”

而每当我说出这样的话时，她便又总是骂我：“小东西，净胡说……”

然而她笑了，女人总喜欢别人夸她，母亲也是。她也许好久都没听过这样的夸赞了，而这种夸赞也只有她的儿子——我才会说。至于她的老公——爸爸，也许早就说不出口了。

模拟高考作文：与妹书

妹妹：

展信露笑脸，祝你时刻开怀，快乐相伴。

爷爷奶奶和叔叔婶婶他们都还好吗？但愿叔叔和婶婶不再像以前那样经常吵架，不要为一些鸡毛蒜皮的事情斤斤计较，甚而“舞刀动枪”。但愿爷爷不再把奶奶的零钱偷去买烟买酒，他有高血压，我真替他老人家担心。

提起笔，才发现我已经好长时间没回老家了，这样一想我便愈发想家，愈发想念你。日子过得真快呀！这一转眼，三年就过去了，三年前我还背着你到处跑呢，现在你应该已经长高了不少吧。估计我现在都背不动你了。

自从我上了高中，学习就特别紧张了，基本没有休息的时间，我们一周虽说只上五天课，但我数学和英语成绩一直不太好，所以周末和寒暑假，我都得参加补课，爸爸和妈妈对我的期望很高，一心想让我上个好大学，以后好找个好工作，所以我一直在努力——我一定不能让他们失望。

其实，我们一家在城里的生活过得并不好，妹妹你首先要答应我不要告诉爷爷奶奶和叔叔婶婶，免得让他们担心，好吗？妈妈是个很爱面子的人，别看她每次回去都给你们买很多东西，并且穿得很体面、装得很阔绰。我能理解妈妈，他是怕你们担心，也怕村里的人笑话。这几年爸爸的企业效益一直不太好，收入也比较低。前年，妈妈工作的单位倒闭了，妈妈失业了，这么大年龄了也找不到什么好的工作。可是妈妈又不愿意看着家里担子都落到爸爸一个人的肩上——妈妈摆了个地摊，每天起早贪黑，早晨四点多就起床去做早点，晚上在马路边卖汤圆和烧饼。城里的摊点可不是好摆的呀，不像在乡下，想在哪儿摆就在哪儿摆，这城里得讲究市容，经常被城管追赶驱逐，有时还罚款，那一天就白忙活了。有时工具还被没收，那就血本无归了。我也能理解城管叔叔们，他们也是为了这个城市的清洁不得已而为之，可是，像妈妈这样摆摊的也是生活所迫呀。

有时，我想帮妈妈搬东西，可妈妈总是不让我帮忙，她说：我可不想让别人知道你妈妈是个摆摊的……

妹妹，我之所以告诉你这些，只是想告诉你，其实哥哥在城市里的生活并没有你想象的那么好。每次我给你寄书呀什么的，那都是哥哥放学后捡塑料瓶子换来的。我从来没有觉得自己丢人，因为我一想着妹妹你收到礼物后开心的样子——就感到特别光荣。

妹妹你说有时觉得很苦恼，当你看着别的同学穿名牌衣服，当你看着别的家长每天在放学时都守候在校门前，当你看着别的同学手里每天都有几十元零用钱——你就感到异常的屈辱和自卑。妹妹，你还说你经常感觉自己走在一条弯道上，身边的同学一个个都超过了你，你只能站在人群的最后。妹妹，我能理解你的感受，我也为你感到委屈，更为自己无法帮你而感到内疚。

妹妹，不知道你还记不记得，小时侯，我经常会和村子里的一些孩子们赛跑，那时我们几个小伙伴都差不多大，一开始我们几乎都是并排跑的，但一到拐弯的时候，距离就拉开了——我也总是在拐弯的时候超过了所有人，并且第一个冲到终点，而你站在我的面前欢呼。

知道我为什么每次都跑第一吗？我把别人在弯道时东张西望的时间用于奔跑，我把别人在弯道时瞻前顾后的时间也用于奔跑。其实我们都应该一直这样，没有所谓的天才和绝对的公平，谁都不是上帝的宠儿，机会也往往都出现在弯道上。把别人东张西望追赶时髦的时间和别人瞻前顾后左右徘徊的时间，都用在我们的学习上，那样你将获得意想不到的收获！

与你共勉。

你的哥哥：许多余

2009年6月13日

灯下漫笔

一

夏虫在窗外鸣叫的声音可以响彻心扉。

这些不知疲倦的小生命啊，听得人都倦了，而它们却还毫无倦意。

当一种鸣叫找不到出口的时候，那叫声便越发尖锐、越发苍凉。期待有朝一日灵魂出窍，冷漠的观众送它以阳春白雪，声嘶力竭的时候也是生命的终结，生命的通道在于变换一种形式。

二

挂在枝头上早熟的果实，红得那般可爱，可谓鹤立鸡群。可人们往往说它们不好吃，因为味道是酸的。

有些早熟的果实是有病的，是虫钻进它们的体内，然后太阳把它们晒红。

其实，它们自己也不想这样，况且——它们追求的，只是给人带来惊叹的瞬间。

况且，满树的果实总得有一个先熟。

三

停电的时候，我们依然得借助微弱的烛光，在摇曳的光晕里我们感到安详。

在昏暗的年代，一个人，哪怕他可以发一点光—— 那么，他也是伟大的。

四

蚊子在咬我们的时候，我们并没有去想——它到底几天没有吃饭，为什么不咬别人咬自己——就一巴掌把它打死了。

有些东西来不及想。

有些东西我们不需要去想。

五

每个人都想把自己的房间布置得漂亮一点，穿得好看一些。有院子的甚至还种上了花草。

原来人们的心底是如此得向往诗意。

只不过是寻找诗意的载体不同——

诗人的载体是语言。

常人的载体是风景。

而怎样把风景由语言来表达——这也是诗人该做的事。

六

茶杯里的茶叶想竭力恢复到它原来的样子，在它的身体展露无余的时候才发现——一切都不可能——因为，水已让它失去生命的颜色。

七

基督教徒始终跪拜祈祷，而上帝始终一言不发。

可他们始终以为自己所说的一切，上帝都可以听到。

上帝其实是一个很模糊的概念。

人无时不在寻求心灵的依托，有时明知不可能的东西，你不妨闭着眼睛去想——至少睁开眼睛之前，一切梦想皆已实现。

八

蚕蛹终于挣脱了蛹。

而，至于她们会不会成为美丽的飞蛾，或是蝴蝶，

我们谁也不敢断言。

九

等车的时候，车总是开往相反的方向。

正如理想，总是与现实背道而驰。

十

人的影子，有时长有时短。就像呼喊的时候，山谷传来时断时续的回音。

十一

翻开旧相册，你会发现往昔的你和友人，笑容多么灿烂。

而当你翻开日记的时候，你会发现那些日子你们过得并不好。

当岁月冲淡了辛酸与苦涩，留下的，便只剩下笑容了。

回忆，总是美好的。

十二

放逐，就是放心的追逐。

流放，就是流行的回放。

放慢跋涉的脚步，才有机会欣赏一路风景。

十三

半斤八两一般重，半斤八两怎会一般重呢？

原来，古人的一斤为十六两。

政治与民主的意义，其实也是如此。

玄机就在这里。

十四

上台阶的时候，一开始我们觉得很轻松，而越到后来，就越累。

当理想达到一个高度的时候，哪怕再想前进一小步，都需付出莫大的艰辛。

十五

再一次点燃一支烟，看着满地的烟头，忘记了今晚到底抽了多少支烟，但没忘记他曾对我说的话，“少抽点，吸烟有害健康”。

吸烟有害——健康。

而健康算什么？

健康有时还比不上一支烟。

有时颠倒黑白的时候，并不是说我们不明事理。

毁灭带来的伤害，也可以给我们安慰。

十六

在时钟的滴答声中，我仿佛听到了自己的心跳。

而有时恍若隔世的声音，最能给人以震撼共鸣。

十七

一个人在处于爬行动物时期，他是多么向往直立行走，跌倒了，爬起来，灰都不拍一下，继续走。

而等到有一天，他真的会直立行走了，却发现自己原来还不会说话。

十八

总想把青春痘所残留的粉刺、黑头，从体内挤出来。

那一刹那，男女可同时体验分娩的快感。

拔胡须是男人的专利。女人们望尘莫及。

然而女人可以描眉、涂口红 。

人在潜意识里寻找平衡，而平衡其实无处不在。

十九

祝福是最虚伪的东西，它让你总是处于幻想中。

二十

没有人的地方，总会感到彻底的荒凉。

在人声鼎沸的闹市，一串陌生的脚步声，恰可以使人安静。

二十一

穿着很小的鞋，走了很长的路。

心的疲惫从脸上慢慢下坠，脚在慢慢肿胀。

磨出的水泡破了，钻心的痛再次蔓延——

去吻合旅途，时好时坏的心情。

二十二

又一次凝视那条熟悉的河，水是那般的湛蓝，绿的清脆明朗。

站在桥上的人，在想着心事，那河便起了风浪。

许多人走的很匆忙。

二十三

我们不停地想摆脱孤独，把自己投入纷繁的人群，可最后却绝望发现，寂寞人在身后，它从未曾远离 。

二十四

今天又是一无所获。

雨季里听雨，已经由一种新奇变成习惯了。

习惯并不好，正如吃饭和睡觉，单调地重复着一种动作，乏味正是由此而来。

由向往到习惯，其实是一种堕落。

二十五

风起了。

树摇了。

蜻蜓飞走了。

蝉沉默了。

通感，可以翻越语言的障碍。

二十六

黑夜它以摧枯拉朽之势，蔓延。

丝丝冷风沁毕，更添夜的沉寂。

此时，星星与月亮杳无音信，连萤火虫也被束起了翅膀。

夜深，深似海；天亮，好个秋。

二十七

寻找，若没有方向，便会不知去向。

等待，若没有结果，便是一次死亡。

二十八

感冒了，鼻孔不通气，浑身无力，只好躺下去休息。

笔丢的措手不及。

双眼微闭。

痛苦，是梦遥控的希翼。

二十九

生活本身并不复杂，它只是简单的点，这些点旋转得飞快，便成了无数同心或异心的圆。

这无数的圆，相交、相切或者相割；甚至不发生任何关系。

前者便是社会，后者就是自然。

三十

藤蔓植物最大的优势在于，它没有目的地随意地，把希望寄于比它高的大树，或石崖，然后它便一步一步朝上爬。

它知道，只凭自己，任凭怎样地拼命、努力——也长不高半寸。

三十一

说话呀，请你说话，不要总是一言不发。

要知道，你沉默的时候像个哑巴。

人群或其他

那么多人从我身边走过，迎面扑来、并肩、擦肩、接踵而至，或相距甚远。他们谁与我有关？面对一张张陌生的面孔，我突然觉得孤独，莫非我始终就是生活在这人与人的夹缝之中吗？

当它潮水一般涌来，袭卷着呛人的灰尘，嗓杂的阴阳怪气，变换莫测的表情，不怀好意或善解人意的肢体、语言——瞬间漫过我的头顶，我感到浑身冰凉，我无法再迈动前进的步伐——我像僵硬了的尸体，面色苍白，浑身无力，不由自主，无动于衷——人流汹涌而至，我所站定的空间越来越小，我感觉自己就快要被挤扁、挤碎、灰飞烟灭……

夏天，它散发出逼人的怪味，油盐酱醋的气味、苦辣酸甜的气味、平淡或焦躁的气味、正直或邪恶的气味、落后或时髦的气味、智慧或愚蠢的气味……磕磕碰碰中，肌肤偶尔相亲，那胳膊上滚圆的烟头，胸脯上隆起的肉球，额头上令人不解的伤疤或纵横交错的皱纹，都随着你莫不经心的臭汗流进城市拥挤的街道里。汽车忽地一下碾过，它们没有挣扎一下，就升华为空气，重新回到你无从选择的呼吸中。

如果是在冬天，这人群或许会让人意想不到地感觉温暖，只是那隔着人心的肚皮，在你猝不及防时挡住阳光。寒露、霜降、小寒、大寒，人们的外表越裹越厚，人们总想一头扎进人堆里取暖，但这并不能阻止寒冷的到来。幸亏有春节的团圆，有温馨的家人围炉夜话，推心置腹的暖融融的气流汇聚一起，这人间真情感动天地，最终冰雪消融，大地回春。人便也在这季节的更替中，距离忽远忽近，真真假假、假假真真，自在于奔碌之中，拘谨于清闲之外。

滴水成江海，粒沙成山岳。物的天性并非向往孤单独处。假若有一个共同的方向或者目标，那人也会像这水和沙一样，或奔流到海不复回，或势拔五岳掩赤城。只是这汇聚需要有一个共同的信念去推动，比如地震前夕，千万只癞蛤蟆向着同一方向蔓延；比如地震来临，人们不约而同涌向平坦而开阔的境地。

词语的暴力

一

真正可怕的不是战争或灾难，而是词语。

战争或灾难可能使人暂时死于非命，却也能使人更鲜活地复活于历史。而词语的可怕不仅仅是置人于死地——有时一句话就足以把人打入十八层地狱。

比如战场上，指挥官就只需喊一个字：冲！原本无冤无仇的千军万马就会不共戴天，勇往直前，杀得你死我活，直至尸横遍野；商场上，总裁一个眼神，就会有人跳楼自杀；刑场上，刑警一个手势，就会有人人头落地；而黑暗中一个暗哨，杀手就扣动致命的扳机……

一切可怕的灾难都来源于词语。

两个原本亲密的人，因为一句话，就可能大动干戈，骨肉分离。

还会有更多灾难即将被词语引发。

二

一个能把词语运用自如的人是幸福的，
一个被词语囚禁的人是不幸的。

三

敌人见面，分外眼红；词语见面，分外妖娆。

四

狭路相逢勇者胜，萍水相逢善者亲。
茫茫人海，每个人都有一个名字；茫茫词语，每个词都占有一个人。

五

社会的舞台上，每个人都想崭露头角；人生的舞台上，每一秒都想抢占属于时间的辉煌；剧院的舞台上每个人都想当主角；而词语的舞台上，每个词都想隐藏于幕后，因为它们不需要去跟谁抢什么时机、玩什么心计、做什么游戏。每个词语都日理万机，就算累散了架，骨骼和关节也还得远出重洋，去赶日本人的场子。

六

我认识一个只会纸上谈兵的人，但他绝对是一位伟大的指挥官。

每个将士都对他言听计从、忠心耿耿。

他的名片上有这样一段话：靠近光线，你说出的话经过了，小小的弯曲。

他叫阿翔。诗人，他的兵是诗歌。

七

我崇拜词语的力量。

一颗树上总有一两片叶子敢于对枝头说不，因此它们提前找到了自己的根。

我特别喜欢它们相互争斗你死我活，这样的一篇文章才显得波澜壮阔，气势恢弘。

至于在词语之间玩点儿小动作，是那些看起来聪明的人喜欢干的事。

而我从来不在乎这些，要玩就玩点儿刺激的。对于词语，我的信条是：要么斩首示众，要么五马分尸。几十大板不仅无法服众，还免不了后患。

这个秋天里的爱恨情仇

序：这个秋天不属于我了

这个秋天不属于我了。

这个秋天爱上年轻的冬天了。

一年四季里沉甸甸的果实都被动物吃光了，连叶子也被土地招揽了回去，只有光秃秃的树枝在风中呜咽——它们不是在悲戚，只是在悲哀。

这个秋天不属于我了。

我还在回味着收获的喜悦呢——那一场突来的秋雨已把我的梦打醒了——我的梦被那秋风夺了去。

这个秋天？——这个秋天——她不再理解我了！

她误会了我……

我在做着一些与谁都不相干的事。

缘起：爱随秋夜跌成了碎片

那一天电话铃声突然响起，我紧张地在诗歌的王国里几乎窒息。笔从诗里滚进诗里，被文字的阶梯挡在一堵墙外。

我们一起漫步在路上，用心跳回答彼此的疑问。

黑夜的帷幕降落在路灯不能到达的地方——你我熟悉而陌生的内心深处。

你我不解的爱被那夜色弥漫了。夜像一个黑黑深深的眼眶写满疲倦。我们用眼泪抗议陌生——却换来更深的隔阂。

秋风扫落了曾经的热情，爱随秋夜跌成了碎片。

记忆：落叶飘飞的姿态你无法企及

最深的恨烙在枯死的叶脉里，它们一生下来便开始抱怨这世界——冷漠、绝情、死亡，与生俱来的无可挽回的诀别。

所有的恨也许只是偶然的误会。如果彼此不曾相识——也许没有结果是最好的——那些从不开花的树，总是长得很高。

落叶飘飞的姿态你无法企及。

也许，你也曾恨过？她们——不知趣的回避。那份直白的爱？始终遭遇冷落——

最终成了恨。

你最终还是没有打破她们贞操的底线。

终结：仇恨，荒草的感情抗挣

已经继续了五千多年的悲哀了，为改写命运你们付出了太多。

纤弱的身体遭遇着恶狼的眈眈虎视，

仍没有放弃对于爱的追求——受了伤的尼姑还在背地里流泪，她什么都可以忘记，就是忘不了——仇恨。

可我不是真的伟岸，没有供你停靠的港湾。

失望了吗？

真的失望了吗？

我也不是那棵橡树，没有供你攀援的枝桠。

失望了吧？真的失望了吧！

你们在我灵魂的山坡，筹建着关于未来的新的秩序。

你们在我思想的沟壑里，进行着一个宗教的宣言。

我，风一样地抚慰着你的前额；你，故意弯下腰来，不看我……

我们彼此只在心里流着泪——

我的忏悔，你的伤悲……

2004年11月

为灵魂打开一扇窗

钟书有语云:“有了窗子，我们就可以不必出去。”窗子虽小，可窗外确实别有一番世界。透过窗子，我们可以看见外面的许多东西，不论你是有心或是无心，都可以从这里打开你心扉，放飞你的思想。有时屋子里又小又闷，而透过窗子，不为别的，就是那些许清凉的空气，错过了也是很可惜的。

“尘封”一词原来是指搁置的记忆。那些往事已随着逝去的日子，在我们的心里愈发渺若烟云。或许是一生经历曲折坎坷，太多的往事不堪回首，无奈之下便不敢去想，日子久了便不再去想，就尘封了。其实在我们内心深处，对于往昔却总有那么一丝向往，即便是再遗憾的东西终将成为美好的记忆。只是那美好有“幸美”和“凄美”之分：幸美的是曾经很得意的，回忆起来很美，有一种幸福的感觉；凄美的是曾经遭遇的不幸，回忆起来也很美，只是有一点凄凉。但不论是幸美或是凄美，终究是美的，只要经历了雪洗霜淘，即便是再不完美的事情，也会变得白璧无暇，并且闪烁着耀耀青辉，为灵魂送去无限的慰籍。

打开尘封就是打开记忆的窗口。思绪悄然绽放，如清晨碧池里荷花上的露珠，清澈、明亮。

在一个微雨的夜晚，不妨打开你的那扇小窗，看一看，外面雾气笼罩，万物都被蒙上一层薄雾轻裳，朦胧得如牛奶杯中散发的热气。听一听那雨声，细小安然，如蚕咀嚼桑叶，细柔松软却沙沙有声，若有若无，若即若离。此时，沏上一杯清茶，放一段轻音乐，可以是古典的，也可以是流行的，但要柔和，要与这雨声相得益彰，否则，糟蹋了可怜可爱的雨声点缀着的悠美的夜，可是谁也赔偿不起的。听着那舒缓的乐曲，啜一口清茶，和着淡淡的音乐伴着窗外丝丝缕缕的细雨——此时一切都会变得和蔼、和谐、平静而安然、怡然而单纯，思维的尘滓早已经缥缈远去，随浮云一起冉冉升空。此时，你就透过小窗，半闭着双眼，开始回忆吧。

走过泱泱四季，走过暮鼓晨钟，走过似水年华，日子在重复着单调的轮回。一点一滴，散落心田。疲惫的身影时快时慢、时大时小、时悲时喜，清晰与模糊只隔一片叶子，由嫩黄到翠绿直至枯黄。再回首，一切又已返璞归真，回到他们最初最原始的样子，最初的春天，一泓清水，水里倒映着一片绿叶。

匆忙为灵魂带上沉重的枷锁，还来不及打开，便已经无法承受负重，灵魂崩溃在一个阴暗的角落，没有一缕阳光在此安营扎寨，我们只躺在那里，听凭命运的安排，偶尔也只可以遥望叹息，在心里构想一片蓝天。

为灵魂打开一扇窗。再美的梦，也只能让我们在梦里享受快乐，那份安详，只有滴滴嗒嗒转动不停的时钟能够清楚地凝视，而世界依然冷漠如初。就算是大江大海的咆哮，也无法激起任何回响，醒来后我们依旧孤独。周公解得了别人的梦，却永远解不开自己的梦，在他眼里，梦最后还是梦，也只能是梦。匆忙，是多余的苟存；哀伤，是腐朽的残影。生活就是生活。所有的考验，也只不过是一条路在没有形成之前的那般冷清和寂寞。

为灵魂打开一扇窗。透过窗子的双眼是明亮的，灵魂是两堵古老的砖墙，而穿梭其间的小巷，是一扇被拉长的窗子，从梦里、从过去延伸出来。只要你探出了头，那古老的砖墙已无法把你阻挡。

2003 年 10 月

金寨

我回来了 金寨

今天 请允许我在你的怀里撒娇 请允许我哭泣 像刚出生的孩子
这一年来 我又经历过很多故事 妈妈 你要耐心倾听
我生活在遥远的城市陌生的人群 我们相互欺骗、掠夺 感情和良心
算计、把玩别人或自己的命运 而应酬从未消停 杯盏交织之后
我总是希望自己还能保持清醒 头疼 各怀鬼胎的人们 包括自己
是否可以放生内心的安宁 我不知道 世界就像泥沼
我陷身其中就必须扎根 让身体站得笔直 我明白 只有这样
我才能算是一个 堂堂正正的金寨人

今天 我站在你的头顶 微风在清洗着我的灵魂
所幸 儿这些年来一直光明磊落 无愧于心 不是因为自己多么伟大
而是因为自己一直像老区的人民——那样真诚
爷爷 您和您的战友们曾经受战火洗礼 九泉之下 你们在天有灵
你们一直指引着我和兄弟们 战争从未停止
因为总有黑夜
企图湮没光明

可是 当我跳进那奔腾的溪流 仍感慌张惭愧 那清澈的泉水因我的注入而浑浊
我知道是自己身上沾满城市的味道——那欲望、名利和权力的灰尘
确实有辱这寂静的山林 有辱这脚下红色的土地 有辱这回荡在山谷间
几十年来不曾削弱的 革命的枪声

我回来了 妈妈

一次次我向您道别 带着沉沉的几包土特产和勃勃雄心 无牵无挂 扬长而去
来不及问候我的亲人 而今坟草疯长 亲人老去 朋友不相往来
有谁来为我抚去悔恨、屈辱的泪水？我们只顾索取 而从来不知回报
这片土地好像也从来不图回报 但我们一定要懂得知恩图报

可是我 乡音已改 鬓毛先衰
要我如何才能与您融为一体?

我回来了 爱人

愿你在远方能够体会 我此时的悲喜 愿你也能够热爱 我家乡的土地和人民

今天 我要给每一座山、每一条河 都起一个响亮的名字 以便我在每个思乡不眠的夜晚
枕着你们的名字入眠 以便我在以后病痛的日子 循着你们的名字找到痊愈的良方

我回来了 金寨
我回来了 妈妈
今天 请允许我在你的脚下长跪不起 我要唱一首茶号 长歌当哭
以祭奠那些相濡以沫和两小无猜 我要给您磕几个响头 以痛止恶
来抛却那些世故圆滑和尔虞我诈 然后 做一个地地道道的金寨人

2010年1月30日下午写于合肥煤气厂宿舍

人才市场

我们从未发现自己是如此的虚伪，我们一直以为自己是真诚的，就因为寄生的生活很真诚。

父母，我们可怜可敬的父母，就在我们眼皮底下，无奈地出卖灵魂和肉体。生命，换来的丁点儿铜臭，用以维系全家人的生计。

不觉，我们浑然不觉！

就是因为无知，我们还曾一度拿它作资本存储进道德账户，索取一点可怜的利息——良知——我们总爱拿它美容。

是时候了！

我们已被书本欺骗太久，那训练谎言、训练伪善、训练凶残的，合作所——健身馆——屠宰场——停尸房。一个个油头粉面，脑满肠肥的、蒙着面的黑衣人——特务——咬文嚼字的专家，快去动手术吧！

是时候了！

先给僵化麻木的大脑做个化疗——就从你们脱垂到地板上的肚子开始，一刀划破肚皮，让白花花的肠子流出来，流进光线直射的人群里，淌淌汗。让胃也滚出来吧！让我们也见识一下——那里有多少思想和历史。

而我们，曾是多么纯真的一群孩子啊！

就连我们无聊的样子都很优雅，就连我们亲嘴的游戏都很别致。

知道什么是爱情吗？

孩子，别仅仅热衷于舌尖交织，别以为纯粹的欢乐就代表幸福、一切。

我们该去问问主，真正的信仰是怎么一回事？要不就去问问满载福音的马太吧——那个最称职的税官，准会告诉你：什么——是交易？只是交易。

我的兄弟姐妹们，过来，过来吧！别只目瞪口呆地听我危言耸听。转转眼珠，想一想吧！把嘴巴再张大一点，让我看一看你们的心脏，让我抚摸一下你们的血管——看看我们的欲望，到底是不是真的殊途同归？

因为——因为我们的身体里都曾流着一样的血呀！

是时候了。

现在，让我们走进人才市场。

就带上那张，以无知换取的利息设计的简历吧。

我知道，面对那些杀人犯的目光，我们可能会无所适从。因为，我们天真的幻想很害羞，我们还不懂得欺骗的价值。我们还没有学会，把自己当作商品出卖、交易。

剥下我们的胎衣吧！

因为——因为那里还保留着母亲的体温，那刺痛的叮嘱，和沉重的如铅块一样的爱。让我们轻装上阵，使劲地挤吧！挤进鱼龙混杂的人群——这焦急的细胞一样的求职者，使劲地挤吧！

新的生活即将开始，让我们都挤出几个微笑来。

2007年7月2日晚

黑夜降临的过程

姓徐的，你记着！也许我是激情的。那么，原谅我。气要热的，我立即改口。去吃你送我的那串青葡萄。我再也不会嘴上长着长矛。那样着实不算英雄——时刻带着凶器的是懦弱的人。我现在就改口："徐，请您别忘了……"

徐，请您别忘了：

我们的脸曾被单纯涨得通红，伸往彼此的手，不约而同地缩了回去。那时，我们很喜欢乌龟，特别是头，它总是缩得那般迅速，像飞驰的闪电做着鬼脸，而局促与不安又总是窜上脸颊，让彼此害怕、流泪，让彼此随便地选择一个方向，以免分离时再次喝下彼此蜜舔的背影。

姓徐的，你记着！

——哦，对不起！真对不起。我错了。我总是这样。怪不得你喜欢雨天——那样我的声音就会被淹没。只有雨滴齐刷刷地顺着眼角滚落，并在泥泞的土路上溅起朵朵橙黄的菊花，我们曾采撷许多泡茶，和着距离咽下。那玩意儿能去火，你脾气好多了——再也不哭红自己眼睛，而只揪红我耳朵。徐，后来我的听觉如聋子一般灵敏，只是听不见你的声音。徐，我在虚构呢——像把手伸进梦里，像竹篮般空虚，像空虚般永无边际。

噢，孩子，别让风扬起衣角，那样，阳光会使你早熟。那样就有人的欲望泛起嘴角，并向你说出动听的话来。那样，我会挑着沉沉的担子——我会累死的。连当初我们漫步的小桥，都过不了，更别说去吃一碗馄饨面。噢，亲爱的。最后，我给你一个这样的称谓，因为我曾呼唤你：女孩。此刻，你在赶路吗？或依偎在路的臂弯下，那里的湿度不适合你的，你别忘了擦点雅霜，还有，我得轻轻地轻声对你说——最好——对着你的耳朵，并且在黑夜里。别——别回头。别让你的身体被风吹的旋转——过来——别看我——

在你肩头掌着的那两盏油灯，你一转头，就灭了……

上苍保佑吃饱了饭的人们

我时常在想：我来到这世上到底是为了什么？许多年前我曾经想象出一个很模糊的答案，说是为了走一段路（像幽灵般时隐时现）。

现在，我每天过着上班下班循规蹈矩的生活，天天有做不完的版，勉强算是解决了温饱，自食其力。说真的，我很怀念那一段被父母圈养的日子，整日衣食无忧，怡然自得，不必为生活煞费苦心。也许你会说我这种想法比较可耻。但这个世界上可耻的东西多着呢，并且那些所谓高尚的大多纯属杜撰。庞勇说，他就很心安理得地花他母亲的钱。为什么呢？因为他觉得自己在干一些意义伟大的事情，同时这些意义伟大的事情在实施的前期必须得依赖别人才能得以进行。什么叫舍“小家”保“大家”？这就是。他的母亲也很理解他，不但不反对他，反而“纵容”他——并且对他几乎是有求必应。我时常为他有个这样善解人意的母亲感到骄傲。

当然，我不是在这里鼓励大家都要去做一个社会的或者说家庭的寄生虫；也不是在怨恨自己的母亲不好。我十分羡慕那些家庭环境非常好的，因为他们的孩子可以为所欲为——也就说可以毫无顾忌地去追求自己的理想。谁说靠天靠地靠祖宗不算是好汉?！这句话是对一些无依无靠的倒霉蛋说的。现实中有个东西靠总比没东西靠要好，甚至可以说好得多。有些话乍一看好像是在勉励我们，其实只是某些人聊以自慰的精神胜利法。

比如某些机构每年都要评选出一些“明星”——这些明星大都来自普通劳动者中，什么劳动模范、感动人物，等等，其目的就是要告诉你：安守本分，不要心怀不满，不要有所怨恨，不要仇恨，不要羡慕那些不管利用什么手段牟取的锦衣玉食的生活……你看，在平凡的工作岗位上也能做出不寻常的业绩来，公民一律平等，你看看这些人多光荣！他们都为社会做出了不可磨灭的贡献。

上苍保佑吃饱了饭的人们，上苍保佑粮食顺利通过人们。90年代的摇滚乐人张楚也许早就发现了某些滑稽的东西，所以他乞求上苍保佑——吃饱了饭的人，并且要保佑他们吃过了就消化，别噎住了撑死。同时这些吃饱了饭无所事事的人们也需要思考一下，如何才能保证自己不消化不良。

不说了，工作了，上苍保佑吃饱了饭的我，有充足的睡眠，赐点时间写作。

屈原、粽子与瓜农

妹妹后来跟我说，她曾经用一本“大肚子书”（学前班语言课本）换了一口粽子吃。这里得强调下“一口”，就是只咬一口。一个学前班的孩子，课本是重要的，而它与一口粽子相比，竟微不足道。

这里引出这么一个故事，并非是为了说明我们小时候物质生活有多么匮乏。其实那时候我就已经“经商”，我读小学五年级，是那个学校最早的商人。我从同学中收购一种叫管仲的中药材，再高价卖给药材厂。每天晚上放学我都背着五十多斤管仲跑上十多里山路。每天的收获都相当可观。大约二十元。二十元啦！那时我们每天的零花钱平均只有一毛。那年我赚足了我和妹妹两人的学费。我的身体也在那种高强度的劳作中得到很好的锻炼，并且一直发育良好。

而我的疑问是，我那时几乎每天都给我妹妹七毛钱买一袋北京方便面（那在我们那儿是多么奢侈的享受），她为什么还用自己的书换了一口粽子吃呢？想来想去，我得到以下答案：屈原的灵魂不死，粽子充满诱惑。

说到底，粽子不就是糯米做的吗？尽管后来花样翻新，无外乎加点腊肉、山楂、豆沙什么的，并不能算上美味。那为什么我们都愿意去吃呢？这种奇妙的味觉究竟来自何处？

还是那一句话：屈原的灵魂不死，粽子充满诱惑。

一直以来，屈原在我们国人心中有着崇高的不可动摇的地位，且不论他当时的做法有无意义，他的勇气和忠诚的决心一直是我们中华民族所崇尚的。从封建士大夫的道貌岸然，到名利场的尔虞我诈、文化艺术圈虚假繁华，我们一直缺乏那种直面的勇气和对于自我追求的忠诚。我们与屈原一直有着十分巨大的差距！

屈原，他是不是一个伟大的诗人并不重要，重要的是，他的行为已经成为一种精神，经过几千年的传承，一直以物质（粽子）的形式流传下来，扩散到广大人民当中。

可以说，绝大部分人在今天吃粽子的时候都没想过屈原，比如广大的农民兄弟、工人阶级，但是没关系，喜欢吃就可以了。喜欢就证明你们在潜意识里接受了屈原和他的精神，粽子的诱惑就证明了他的灵魂不死。而我们也在每年吃一次粽子的过程中自觉完成了一种自醒：你这双手做了什么？是不是又拖泥带水？你这张嘴说了什么？是不是一派胡言？

昨天晚上，我准备去买一个西瓜，一问价格：五毛。老板说端午节到了，西瓜涨价了。看来屈原真是个好人，人们惦记他的时候，他也想着人们，这无形中照顾了瓜农，尽管瓜农并不一定知道他的名字。

时尚的真理与责任

2003年秋，我带着一身土气从乡下来到合肥。

这是我第三次来到合肥。2001年我还在读高三，第一次来到合肥，到中国科学技术大学转了一圈，跟率先上大学的同学一起玩了几天，带了几包小县城买不到的烟，回去散给少年烟民，我刚从大城市回来，冒充下见过世面。我逛过城隍庙，混过步行街，压过金寨路，睡过市府广场，还带万宝路给你们抽，土鳖们，我够时尚吧？

第二次仅仅是路过，一下长途汽车，就一头钻进出租车，直扑火车站，买去泰山的火车票。那次运气很好，我在火车还剩三十秒就开时一脚跨进车门！几个哥们儿天天打电话诱惑我，说泰山多么多么好玩，历史文化名城，非常时尚，天天有泰国人妖表演，随便就能赚很多钱……去了才发现，大家伙正在搞传销。那时这个行业好像很时尚，我高中的同学有不下二十人在里面……每个人都变了，以前屁都不放一个的，现在天天张嘴就给我讲个励志故事，一个月前还很羞怯的小女生，现在站在台上滔滔不绝，给一帮来自全国各地的爷爷叔叔哥哥姐姐们上经济课……我的智商不算低吧，也交了三千块！

九月，我还是跟父亲一起坐火车到合肥读书了。倒了两趟公交车，转到开发区大学城，那时的感觉是这哪是什么省城，跟乡下没什么区别嘛！

我从未想过在城市定居，却鬼使神差成了小市民。从未想过与时尚产生什么关系，也一直走在时尚的“前列”。

中学时，我个性叛逆，除开始穷困穿破衣（后来知道那也是时尚，比如犀利哥），后挣到些稿费，喜欢上摇滚，开始穿奇装异服，大喇叭拖地牛仔裤，披肩长发，脖子上还挂个白铁骷髅。

后来，我回归正常，却干上了文化的工作，写作、编书、搞艺术，开卡夫卡书店，中途做过选美大赛评委，上过国内最火的娱乐节目。我时常强调自己是个农村土人，很多人却又以为我装。

记得 2007 年吧，《今报》创刊那会儿，我当时也在一家媒体工作，圈内一时沸腾：这个观念陈旧，连个像样的酒吧、书店和艺术馆都没有的落后城市，终于有一家时尚杂志了！这么多年来，《今报》也没让我们失望，有时在书报摊，我会看到有穿着时尚的美女随手拣起《今报》，丢下几个硬币匆匆离去。

我好似是个喜欢对着干的人。当人们都保守的时候，我无比开放；当人们都炫耀张扬的时候，我异常保守。近些年来，我也好似总是与时尚背道而驰，尽管主张个性自由与观念解放，但我却时常躲进小楼成一统，穿着土黄色的运动鞋或布鞋，随意套件休闲装，就出门参加时尚聚会。

其实，时尚的真理就在这儿。时尚，其实也是一种反抗，对新事情的推崇，就必然对既往的保守观念进行挑战。从这个意义上来说，我希望合肥的姑娘们穿得更少、玩得更好。

当然，真理对于时尚来说仅仅是外表，它是通往事物本质所必须迈出的第一步。时尚更多的时候更需要主动承担起某些责任。

城市在完成形式主义的渲染之后，必须从骨子里、从根本上具备时尚精神，这才是时尚的责任——引导市民热爱文学和艺术，让思想和外表一样焕发新鲜活力。让物质建于精神之上，让人们少些发财梦，多些浪漫的幻想和空想。

合肥若想成为巴黎或威尼斯，就必须朝这个方向迈进。一个城市可以使人骄傲，也可以让人魂牵梦绕，更可以让人毫无记忆，合肥将选择怎样美好？这是我所关心的。《今报》，负有此重任。

末日书

这一年，许多人都经历着末日。

从年初的福岛核泄漏开始，科学反复报复人类。设计的缺陷让无数人死于非命……而区别仅仅在于处理问题的态度。

有人因自己的过错主动请辞，以下跪的姿势乞求民众的谅解；有人百般狡辩，继续践行强盗逻辑。

那些姿态，依旧高昂。谱越摆越大。

直到所有的真相被活生生埋葬，变成神话般的不解之谜——探寻者和斗争者，咽下黄连后哑口无言，只能在末日来临之前，将苦果消化，幻想每天的太阳依旧从东方升起。

几个独裁者的头颅纷纷滚落。嗔怒的暴君们几近疯狂。

人们无权谴责认贼作父的荒唐者，甚至对那几个埋首的动作都充满悲悯。

这决绝丝毫没有快感，甚至带有恶意的自戕……可历史的疯狂从未得以阻止。

所有的道德审判，都在陈贤妹登上领奖台时宣布失效。当化悲痛为力量的口号，逐渐变成化悲剧为喜剧的狂欢，所有的罪责最终都归于几个死人或囚徒身上。法律，只会让那些活着的撒旦更加放肆。在末日降临之前，让我们再加强对祭日的记忆，告慰那些亡灵，不要把我们的悲伤全部带走。

我们已提前经历了无数次玛雅人的预言，2012 也不过如此。

一些人，在另一些人的末日诞生。在尸骨未寒的大地，漫无目的地生长，以粗壮的身体和膨胀的脑袋，迎接下一个末日。

我失踪的 28 天

失踪了 28 天，去了 28 个地方，思考了 28 种死法，体验了 28 次死亡，最后，他活着回来了……

这 28 天，亲人、朋友、读者都在为他祈祷；

这 28 天，记者、公安、网友、志愿者无不竭力搜寻；

这 28 天，整个中国社会都在反思知识分子的生存危机；

这 28 天，他到底在做些什么？

亲历死亡临界，真实展现了自己对生命、人生、理想、价值、意义和时间的本质思考。

最后他说，活着胜过一切死法。活着，真好！

逍遥文艺沙龙

逍遥文艺沙龙差不多已经组建三年了。这是一个自由松散的组织，没有挂靠任何社会组织和单位，没有登记注册。因为没有资金支持，也没有业务往来，所以一直也没有固定的办公地点。我们所办的大都是私人的事情，不办"公"。

沙龙的组织框架看上去还像模像样，但几乎从不加以管理。谁管理呢？管理谁呢？要是有管理，那就不叫逍遥文艺沙龙了。

准确地说，沙龙的头目不能叫会长吧？那叫什么呢？龙长？又没有这个称谓。一不小心当了这个会长，不知不觉间，文艺沙龙的群里已经加进来两百号人……

沙龙经常组织活动，诗歌朗诵会、读书交流会、讲座，等等。每次活动，兄弟姐妹们都热心付出，不计回报。

经常有人问我关于逍遥文艺沙龙的事情，我不想每次再重复介绍，这里附上《市场星报》关于逍遥文艺沙龙的专访，我在里面基本做了交代：

《市场星报》(以下简称“星报”)：为什么成立逍遥文艺沙龙？你能详细描述成立的整个过程吗？

许多余(以下简称“许”)：为什么呢？我也不知道。志趣相投吧。其实，我不是逍遥文艺沙龙最早的创立者。一开始是往事如刀、指间沙、左桂和韩鸿飞等几个文青提议创办，后问我愿不愿意一起玩，我答应了。文艺青年们所有好的提议，我都会在能力范围内予以支持。正式成立大会上，他们一致要选举我当会长，其实我不是很愿意，我觉得吧，做个不管事的名誉会长还可以，但会长是要负责实事啊……但兄弟姐妹们说，你就做个不负责实事的会长。我还有什么办法推辞呢？再推辞就是敬酒不吃吃罚酒，那会挨揍的……

星报：是你一人创办这个沙龙，还是几个人一起创办的？

许：上面说过，是几个人一起创办的。大家都是自由、平等的，其实没有什么职务之分。

星报：为什么叫逍遥文艺沙龙？起这个名字的寓意？总体概括一下，这是个什么样的平台？

许：开始叫逍遥作家沙龙。我提议改成逍遥文艺沙龙。作家，局限性太大，况且不是每个沙龙成员都是作家，有的是写诗的，有的是画画的，有的是媒体编辑、记者，还有很多是文学艺术爱好者……所以，用文艺更全面一些，文艺青年嘛！

寓意嘛，首先，逍遥文艺沙龙是在逍遥津发起的，有地域性；其次，逍遥是一种对待生活和创作的态度，散漫、自由、无拘无束。

这个平台是属于大家的，每一位成员都出力搭建。大家一起聚会，谈文学、艺术，搞诗歌朗诵会，旅行，分享创作，等等。加入进来的会员，多少应该都有些收获吧。

星报：现在沙龙有多少成员？是何职业？他们都是在什么情况下进入沙龙的？能举两个例子吗？

许：大概有接近两百人吧。目前在上海、海南还有分会，当然也都是松散的。职业，有各种各样的职业。作家、诗人、艺术家、编辑、记者、房地产策划、学生，还有政府官员和出租车司机……

有人知道了，觉得是个不错的小群体，就加入了呗。我们没有刻意宣传发展会员，也没有主动邀请谁。

星报：沙龙现在有固定时间的活动吗？

许：活动经常有，但不固定。

星报：共举办了多少次活动？每次活动的主题呢，可否说说每次活动的概况？每次参加的人数有多少？大家对每次的活动有什么样的评价？可以举例。

许：举办了很多次啊，我一时也统计不过来了。有时候小规模的，就没有主题，大家一起随便玩、随便聊，谈文学的谈文学，搞对象的搞对象……哈哈。规模大点儿的，就会有主题。比较大的有，2011 年首届安徽中秋诗会，沙龙是全盘介入的，参与人数上百人。86 诗歌大展 25 周年纪念会，来的都是著名诗人和评论家。还有年底的会员大会。清明节去海子家乡看望其父母，为海子扫墓。今年还办了逍遥文学艺术节，等等。

评价吧，这个……每个人都是主人公，事情都是大家一起办的，当然都不会有什么大的不满或者抱怨。

星报：你创办之初，是有什么样的期望？

许：应该是，“我们”……呵呵。我一直坚持的理念是，我们要聚集一帮纯粹的人，这些人大都是有些想法的理想主义者。生活多么无聊、无趣、现实，有那么多市民去参与，已经足够了，我们要干点与生活无关的事情。我们要成立我们的小小乌托邦。

我说，我们在一起，就是要对日常的琐碎和庸俗说“不”。

我们要率先在这个城市自由起来，并大胆地活出自己想活的样子。

我想，在沙龙里，我们可以相互帮助，精神方面，或者物质方面。我会及时地发现一些新人的好作品，推荐发表、出版。同时，也会对一些不成熟的作品提出批评，督促他们更快地完善自我的思考。

星报：现在看来，是否已达到？

许：一年多以来，逍遥文艺沙龙的成员，我自己已出版了《笔尖的舞蹈》《文学是个什么玩意儿》《远方》《为幸福的影子而奔走》等作品（集），张培亮主编出版了《春风吹过90后》《中国青年诗人诗选》等，赵成出版了散文集《下一站，幸福》，往事如刀写了五十多万字的小说《灶神传说》和《偷骨灰盒的人》，指间沙等都将有作品出版。还有一些成员，在《诗歌月刊》《特区文学》《十月》《天涯》等知名纯文学刊物上发表了一些作品。现在看来，期望归期望，但要想达到一个高度，还需要大家共同努力。目前，我们做的还不够。

我一直以为，一个城市最值得骄傲的，不只是它有多少高楼、有多少钱，而在于它有（或曾经有过、将要有）一群独特的人。比如巴黎，比如纽约，比如北京。我想，若干年后，在合肥，依然会有一些人想起我，想起我们，想起逍遥文艺沙龙。

星报：未来，你们还有什么计划？

许：未来，我们想一起做点小实体。比如，即将诞生的卡夫卡独立书店，就是有沙龙成员参与的，卡夫卡将为大家提供最好的文学、艺术和影视作品，以及读书、看电影的环境，还会聚集更多的人，在这里，只要你有思想，就能找到自己的“同类”。

未来，还将成立工作室，大家一起写作；间或与电视台、影视公司或企业合作，做些文化项目，我们有的是“人才”，安徽不是正要建设文化大省、文化强省嘛，最好的生力军都在这儿。

古碑地名考

我们围坐火炉，一场争辩开始，之前没有任何预兆。

家常，由祖先的逸闻趣事，闹到祭奠之礼。在我的家乡，立传之事鲜见，而树碑早成传统。人死之后不立碑者，视其后代为不孝。

我们的争辩就围绕这个“碑”字开始——母亲主张，要为所有死去的先祖刻碑，以祭他们在天之灵。我以浪费之名极力反对。

她勃然大怒，恨不得拳脚相向，双手合十，对天地忏悔：“我儿不懂事，你们莫计较……”

我为自己背上莫名之罪竭力辩护。

母亲愤而出门，为他儿子的无知感到羞恼。

以上场景，我没有丝毫虚构。

“古碑”，就是我出生的那个小镇的名字。

多年来，我一直想弄清这个地名的由来。

“古碑”，由“古”和“碑”二字组成。“古”，古代的“古”，古老的“古”；“碑”，由“石”和“卑”两字组成——我可以理解成：卑微之人，假借石以不朽。

仅从字面妄自揣测，不甚准确。可《金寨县志》对古碑的出处只字未提，走访诸多老者，也未能查到蛛丝马迹。

有人说：“很多年前爆发过一场山洪，冲出了一块碑……”

但从没人知道这块碑的下落，也没有人说出山洪爆发于何时。感觉这传说像是虚构。很多传说其实都是虚构。

虚构日久弥新，就成历史、真相。

谁也无力去追究真假……

怀疑者，甚至会遭唾骂，“报应”。

古碑。古代的碑？

这个镇子，到底有没有一块古代的碑？这块碑，到底是多古的朝代立的？什么时候出土的？上面都刻了些什么……

我无从得知。

只记得，有一次修路，人们在被毁的关帝庙旁挖出了一块“古碑”。小时候，我一直以为那就是“古碑”，是我们古碑镇，名字的由来。

乡亲们也自以为是。

后来，我认清了上面的字，只不过是一块名叫“古碑冲”关帝庙建庙的功德碑；并且，上面记载的已经有“古碑”字样。可那时这个镇也并不叫“古碑冲”。

古碑冲。古碑，是冲出来的？古碑，冲啊！这不免又让人产生联想：

是不是真爆发过一次大山洪，冲出了一块“古碑”？

这联想符合逻辑，但又不足以成为证据。

那古碑镇，到底为什么叫古碑？

我想，可能还是与此地居民有关，与树碑有关，与树碑的传统有关。

那一刻，他突然开始思考生死。被遗忘，是多么残酷之事。

有史以前……

要想翻开新的历史，就必须虚构古今。树立新的传统，往往得有个足够证据。

那个领袖，在灾难发生之后，有预谋地在灾区埋下一个谎言……某日，他带领众人进行了一场声势浩大的发掘。

“古碑”浮出水面，从此变成道德和宗教。

人们以不容怀疑的崭新传统，开始他们无端而荒谬的信仰。

这个小镇的逻辑，堪称典范。

古碑——

一个建立在野心、阴谋、权力和家族之上的地名，就此神秘而诗意地诞生。

古碑镇，不分男女老幼、好人坏人，家家争相树碑，人人渴望被树碑。

这习俗虽无法可依，甚至不合法，但也无法可审判。

从此，这片土地上碑石林立。它们不容怀疑，也没有谁去怀疑、敢去怀疑，人人生而无怨、死而无憾。